음예 예찬

陰翳礼讃

다니자키 준이치로
김보경 옮김

음예 예찬

陰翳礼讃

65세 무렵의 다니자키 준이치로(1951)

차례

활동사진의 현재와 장래[1]

나는 특별히 활동사진을 깊이 연구한 적도 없고 넓은 지식을 가지고 있지도 않다. 그러나 오래전부터 열렬한 활동사진 애호가로서 기회가 생기면 극영화(Photoplay)를 써 보고 싶었다. 그 때문에 외국 참고서를 두세 권 찾아 읽어 보았고, 닛카쓰(日活)[2] 촬영소를 견학해 보기도 했다. 비록 문외한이지만 이 기회를 빌려 일반적인 활동사진의 장래, 특히 일본의 흥행업자에 대한 불평이나 불만을 말하고 싶다.

활동사진이 진정한 예술로서, 예컨대 연극, 회화 등과 동등한 예술로서 향후 발달할 전망이 있는가, 라고 묻는다

---

1   원제는 「活動写真の現在と将来」로 《신소설(新小説)》 1917년 9월호에 발표되
     었다. 번역 저본으로 『谷崎潤一郎全集 第二十巻』(中央公論社, 1982)에 수록된
     글을 참조하였다.
2   닛카쓰 주식회사의 약칭으로 일본의 영화 제작, 배급 회사며, 1912년 네 개 영
     화사가 합병하여 설립되었다.

면 나는 물론 그렇다고 대답하겠다. 그리고 연극이나 회화가 영구히 사라지지 않듯이 활동사진 또한 불멸하리라고 믿는다. 사실대로 말하자면 나는 오늘날 도쿄 어느 극장의 연극보다도 활동사진을 훨씬 사랑하며, 그중 어떤 부분에서는 가부키극이나 신파극(新派劇)[3]과 견줄 수 없는 예술적 아름다움을 발견한다. 다소 극단적일지도 모르나, 서양 영화라면 아무리 짧고 시시하더라도 현재 일본 연극보다 훨씬 재미있다.

예술에 우열은 없다지만 그 형식이 시대의 추세에 적응하면 더욱더 발달하고, 거스르면 자연히 쇠퇴하기 마련이다. 그래서 노쿄겐(能狂言)[4]이 내용 면에서 가부키극에 뒤떨어지지 않음에도 그만큼 유행하지 않는 것이다. 지금은 데모크라시 시대이므로 귀족 취향의 예술은 틀림없이 점차 설 자리를 잃어 갈 터다. 이러한 관점에서 연극보다 한층 대중적인 활동사진이야말로 시대 추세에 가장 적합한 예술로서 아직 발전과 개량의 여지가 많다. 또는 연극이 노쿄겐을 압도한 것처럼, 훗날 활동사진이 훌륭한 고급 예술이 되어 연극을 압도하는 시대가 올지도 모른다.

잠깐 생각해 보더라도 활동사진이 연극보다 더 나은 점은 매우 많다. 이를 가장 현저히 드러내는 특징은 실연극

3 구극(旧劇), 즉 가부키와 달리 서민을 주인공 삼아 당대의 세태를 묘사한 연극으로 메이지(明治) 중기부터 흥하였다. 연기와 연출 모두 가부키에서 큰 영향을 받았으며 가부키와 신극(新劇)의 중간적인 성격을 지닌다.
4 일본의 대표적인 가면 음악극인 노가쿠(能楽)와 이 노가쿠의 막간에 상연하는 희극인 교겐(狂言)을 가리키는 말.

(実演劇)의 생명이 일시적인 데 반하여 사진극의 생명은 무한하다는 점이다. (아직까지는 필름의 수명이 유한하지만 장래에는 반드시 그 수준까지 발달할 것이다.) 실연극과 필름극의 관계는 마치 언어와 문학, 혹은 원고와 인쇄물의 관계에 필적한다. 실연극은 한정된 관객을 대상으로 하여 막이 내리면 사라져 버리지만, 사진은 한 편의 필름을 몇 번이고 반복 상영하여 도처에서 무수한 관객을 불러 모을 수 있다. 관객 입장에서 보자면 이러한 특징은 가만히 앉아서 각국 배우의 연기를 더없이 싼 가격에, 몹시 간편하게 구경할 수 있다는 이점을 지닌다. 그리고 배우 입장에서는, 거의 전 세계의 관객을 상대로 회화나 문학처럼 복제라느니 번역이라느니 하는 간접적 수단 없이 자신의 예술을 직접 선보이고, 후세에 영원히 전할 수 있다. 고래(古来)의 위대한 시인이나 화가, 조각가가 자신의 예술을 통해 영원히 살아남듯이 배우 또한 필름에 의해 불후의 생명을 얻을 수 있다. 배우가 이 정도의 각오를 품는다면 그 예술도 얼마나 고상하고 진지하게 변할지 모른다. 오늘날 배우가 다른 예술가와 비교하여 품성이나 견식 면에서 많이 타락한 주된 원인은, 자신의 사명이 일시적일 뿐이라고 여기기 때문이다. 만약 자신의 연기가 괴테의 시나 미켈란젤로의 조각처럼 영원토록 후세에게 인정받고 천 년 뒤에도 고전으로서 존중받으리라는 근거가 분명히 밝혀진다면 배우들도 필시 그에 상응하는 포부를 지니게 될 것이다.

이상의 서술만으로도 활동사진이 미래의 예술로서 발달할 여지는 충분하다. 그러나 그 밖의 특징을 더 헤아려 보자면, 둘째로 소재의 범위가 매우 넓은 데다가 어떠한 경우에도 (사실적인 것이든 몽환적인 것이든) 연극처럼 지어낸 얘기 같지 않다는 사실을 들고 싶다. 두말할 필요도 없이 연극이 소기의 효과를 거두기 위해서는 언제나 사실적이어야만 한다. 점점 세상이 발전하여 관객의 감각이 예전보다 예민해진 오늘날, 연극은 자칫하면 억지스럽다는 느낌을 피할 수 없다. 이 점에서도 활동사진이 훨씬 시세(時勢)에 적합하지 않은가. 요즘 사람들이 상징적인 연출이라며 찬미하는 노쿄겐도 무로마치 시대(室町時代)5 사람들에게는 사실처럼 보였다. 그러고 나서 노쿄겐 이후에 한층 사실적인 가부키극이 발생하였듯이 이제부터 더욱 사실적인 활동사진이 세상을 풍미하지 않겠는가. 아무래도 그렇게 되리라는 느낌이 든다.

어떠한 경우에도 사실적이라는 특징은, 사진극이 더 사실적인 희곡이나 더 몽환적인 희곡에도 적합하다는 것을 입증한다. 사실극에 적합하다는 점은 다시 말할 필요도 없지만, 예컨대 절대 연극으로 만들 수 없는 단테의 신곡이라든지, 서유기라든지, 포(에드거 앨런 포)의 어느 단편 소설이라든지, 또는 이즈미 교카6 씨의 「고야산 스님(高

---

5   1338년부터 1573년까지 아시카가 쇼군(足利将軍) 가문의 무로마치 막부(室町幕府)에 의해 통치되었던 시대로, '무로마치'라는 명칭은 교토(京都) 무로마치에 막부를 세웠던 데에서 유래한다.

6   泉鏡花(1873~1939): 메이지 후기부터 쇼와(昭和) 초기에 걸쳐 활동한 소설가. 희곡과 하이쿠(俳句)를 많이 남겼다. 관념 소설에서 출발하여 낭만적이고 신비로운 작품을 선보이며 독자적인 경지를 열었다고 평가된다.

野聖)」,「풍류선(風流線)」 같은 작품(이 둘은 일찍이 신파에서 상연하였는데 도리어 원작을 훼손한 수준이었다.)은 분명 재미있는 사진극이 되리라고 생각한다. 그중에서도 포의 이야기는 사진극 쪽이 보다 효과가 좋지 않을까 한다. 이를테면 「검은 고양이(The Black Cat)」,「윌리엄 윌슨(William Wilson)」,「붉은 죽음의 가면(The Masque of the Red Death)」 등 말이다.

그리고 세 번째 장점으로는 촬영 방법을 들 수 있는데, 자유자재로, 얼마든지 다종다양하게 변화가 가능하다. 따라서 각본가로서도 실연용 희극을 만들 때와는 달리, 번거로운 규약에 얽매일 걱정이 없으니 얼마나 편리한지 모른다. 제한된 면적의 무대 위에서 구성하는 것과 달리, 어떤 웅대한 배경이나 대규모의 건축물이라도 원하는 대로 사용할 수 있을 뿐 아니라, 긴 세월 동안 멀리 떨어진 지역에서 일어난 사건도 불과 몇 시간의 이야기로 단축할 수가 있다. 그리고 소재의 범위가 넓은 이유 또한 여기에 있다.

어느 장면 중 일부를 도려내어 크게 비춘다는 것, 즉 디테일을 나타낼 수 있다는 점이 얼마나 연극의 효과를 강화하고 변화를 돕는지 모른다. 이러한 의미에서 활동사진의 사실적인 장면은 실연극보다 훨씬 회화에 가깝다. 실연 무대에서 회화와 같은 구도를 취하기란 불가능한데 사진극은 이를 훌륭히 이루어 낸다. 배우와 관객 사이의 거리가 늘 일정한 연극과 다르게, 어떤 때에는 아주 가까운 거리까지 다가가고, 어떤 때에는 10정(町)도 20정도 자유로이 멀어질 수 있는 활동극의 배우는 동작에서도 표정에서도 충분히 자신의 능력을 발휘할 수 있다. 관객 입장에서 선 채로 보든 아니든 배우의 얼굴이 잘 보이지 않는 일 따위도 일어날 리 없다.

특히 배우가 실물보다 확대되면, 실연 무대에서는 그 정도로 눈에 띄지 않았던 용모나 육체의 섬세한 특징까지 지극히 명료하게 보인다. 배우는 실연일 때처럼 현란한 분장으로 연령이나 육체, 윤곽을 얼버무릴 수 없다. (서양의 사진은 대개 그러하다.) 여기에는 허위의 기교를 몰아내는 효과가 있으며, 다른 한편으로는 배우 고유의 특색 ─ 개성을 존중하는 경향을 만들어 내기 때문에, 기예의 영역을 매우 복잡하고 심오하게 하는 이점이 있으리라 생각한다.

인간의 용모란 아무리 추한 얼굴일지라도 지그시 쳐다보노라면 왠지 모르게 거기에 신비롭고 숭고하며 장엄한, 어떤 영원한 아름다움이 숨어 있는 듯한 느낌이 드는 법이다. 나는 활동사진에서 '클로즈업'된 얼굴을 바라볼 때 특히 이런 느낌을 강하게 받는다. 평생 눈치채지 못하고 그냥 지나쳤던 인간의 용모나 육체의 각 부분이, 말로 설명할 수 없는 매력을 지닌 채 새삼스럽게 다가옴을 느낀다. 단순히 영화가 실물보다 확대되었기 때문만은 아니고, 아마도 실물에 있는 음향이나 색채가 없기 때문일 것이다. 활동사진에 색채와 음향이 없다는 사실은 결함인 듯하지만 오히려 장점이다. 마치 회화에 음향이 없고 시에 형상이 없듯이, 활동사진 또한 우연히 그 결함에 의해 도리어 예술에 필요한 자연적 정화(Crystallization)를 행한다. 나는 이 한 가지만으로도 활동사진이 연극보다 고급 예술로서 발달할 가능성이 있다고 인정하는 사람이다. (키네마 컬러[7]가 있지만 나는 그다지 선호하지 않는다. 적어도 지금으로서는 그렇다.) 그리고 전자는 후자보다도 한층 회화나 조각, 음악의 정신에 가깝지 않은가 하는 생각이다.

이상 열거한 활동사진의 장점 중 많은 부분은 내가 새로이 설명할 것도 없이 이미 누구라도 뻔히 아는 사실이다. 다만 이 뻔히 아는 사항을 새삼스럽게 늘어놓은 주된 까닭은 현재의 활동사진 당사자들이 읽어 주었으면 하는 마음에서다. 적어도 그들은 이만큼의 장점을 충분히 인식하지 못하고 있다. 인식은 고사하고 이용하지도 못한다고 믿기 때문이다.

나는 앞에서 이야기한 활동사진의 특징을 바탕으로 그들에게 두세 가지 경고를 보내고자 한다.

현재 일본 특유의 활동극을 촬영하는 영업자, 무대 감독, 여러 배우들에게 우선 요구하고 싶은 점은 쓸데없이 연극을 모방하지 말라는 것 하나뿐이다. 자유롭고 자연스러워야 할 활동극을 답답하고 부자연스러운 실연극에 속박되도록 두지 말라는 말이다.

예를 들어 그들은 어떤 장면을 찍어도 항상 연극 무대의 정경을 염두에 두고 있다. 특히 구파(舊派) 배우 등은 변함없이 가로로 길고 얄팍한 이중 무대를 설치하여, 그 위에 여럿이 늘어선 채로 한곳에서 오래도록 이야기를 펼친다.

---

7 kinema-color. 1908년에 발명된 인공적인 착색 방법을 사용한 일종의 천연색 활동사진으로 색채 영화의 선구라 할 수 있다.

이들은 정말로 활동사진의 장점을 죽이고 있다.

서양에서는 술을 마시고 취한 광경을 찍을 때 배우에게 진짜 술을 먹여서 실제로 취하게 하는 경우도 있다고 한다. 배우에게 전체 줄거리를 알려 주지 않고 각 장면을 촬영해 가는 무대 감독도 있다고 들었다. 그 정도로 자연스러움을 중히 여기는 활동사진에서, 연극의 판에 박힌 과장된 제스처를 하거나 이상한 난투 연기를 할 필요는 단연코 없다. 특히 활동극에서 여전히 온나가타(女形)[8]를 쓴다는 점이 가장 우스꽝스럽게 여겨진다. 그들은 아직도 실연 무대와 같은 분장을 하며 그것에 관객이 속으리라 생각하는 모양이다. 하얀 분을 두껍게 칠하면 자연스러운 흰 피부로 보이고, 먹으로 주름을 그리면 노인으로 보인다는 착각을 하고 있는 듯싶다.

노인은 노인이 분장하고 여자는 여자가 분장해야 함은 물론이고 가급적 머리도 가발을 쓰지 말고 대머리든, 흰머리든, 마루마게(丸髷)[9]든, 이초가에시(銀杏返し)[10]든, 본인의 실제 머리로 어떻게든 해 보는 편이 낫다고 생각한다. 그중 짧은 머리는 일본에 좋은 가발이 없으므로 반드시 진짜 머리로 해 주었으면 한다.

연극을 모방하는 한 활동극은 언제까지고 연극을 능가할 수 없다. 이는 활동극에 그만의 세계가 있고 사명이 있다

---

8 가부키에서 여자 역할을 하는 남자 배우.
9 일본 기혼 여성들의 둥글게 틀어 올린 머리 모양.
10 여자의 묶은 머리 모양 중 하나로, 묶은 머리채를 뒤에서 좌우로 가르고 반달 모양으로 둥글려서 은행잎 모양으로 틀어 붙인다.

는 사실을 자각하지 못한 결과다. 지금의 활동사진 배우가 다른 배우에게 경멸당하는 것은 오히려 당연하다고 보아야 한다.

다만 배우의 죄만은 아니고, 변사가 없으면 도무지 이해할 수 없는 각본을 상연하는 영업자의 죄가 더 크다.

나는 기관차의 충돌이라든가 철교의 파괴라든가 하는 대규모 작품을 기획해 주길 바라는 것이 결코 아니다. 무엇보다도 먼저 자연스러운 상태로 돌아가라는 뜻이다. 그리하여 충실하고 담백하게 일본의 풍속과 인정을 담아내 보라는 말이다. 오노에 마쓰노스케[11] 씨나 다치바나 데이지로[12] 씨의 영화보다도, 아오야마(青山) 들판 위 나일스의 공중회전[13]이나 사쿠라지마(桜島)[14]의 분화 실황 등이 나에게는 더 재미있었다. 활동사진은 줄거리가 간단하더라도 그저 자연스럽고 진실하기 때문에 재미있는 경우가 굉장히 많다.

굳이 처음부터 고상한 문예 사진을 만들라는 등의 요구는 하지 않겠다. 통속적인 작품이어도 좋으니 활동사진 본래의 성질로 돌아가서 올바른 방법으로 영사해 주었으면

---

11 尾上松之助(1875~1926): 원래 가부키 배우로 출발하였으나 일본 영화의 아버지라 불리는 마키노 쇼조(牧野省三, 1878~1929) 감독에 의해 영화계에 입문하였다. 이후 천여 편 이상의 검극 영화에 출연하면서 큰 인기를 얻었다.

12 立花貞二郎(1893~1918): 온나가타 배우. 원래 가부키의 아역으로 연기를 시작하였으며 1909년 활동사진계에 입문하였다. 박복한 여주인공에 적합한 용모를 지니고 있어서 금방 신파 최고의 인기 스타가 되었다.

13 1915년 미국인 비행사 찰스 나일스(Charles Franklin Niles)가 도쿄 아오야마 연병장에서 곡예비행을 선보였던 일을 가리킨다.

14 규슈(九州) 지역 남부에 위치한 화산.

할 따름이다. 예의 「메이킨(名金)」[15]이나 「겐코쓰(拳骨)」[16] 따위도 지극히 저속한 줄거리이지만, 사진으로 만들면 소설에서는 알 수 없는 자연 경관이나 외국의 풍속과 인정이 나타나기 때문에 성인이 보아도 충분히 흥미를 느낄 수 있다. 「곤지키야샤(金色夜叉)」[17]라든지 「오노가쓰미(己が罪)」[18]라든지, 소설로서는 그다지 감탄할 수 없는 작품이라도 일본의 자연이나 풍속을 솜씨 좋게 집어넣어 서양 스타일의 활동극으로 만들면 틀림없이 재미있으리라.

한 발짝 더 나아가 일본에 위대한 흥행자, 위대한 무대 감독, 위대한 배우가 나타나서 일본 고래(古来)의 유명 소설이나 설화를 활동사진으로 촬영한다면 얼마나 훌륭하고 장엄한 영화가 만들어질지, 상상만으로도 뛰는 가슴을 억누를 길이 없다. 예컨대 「헤이케모노가타리(平家物語)」[19]의 이치

---

15   프랜시스 포드(Francis Ford, 1881~1953) 감독의 1915년 영화로, 원제는 'The Broken Coin'이다. 일본에서는 '메이킨'이라는 제목으로 개봉하였으며, 당시 조선에도 '명금'이라는 제목으로 수입되어 큰 인기를 누렸다.

16   원제는 'The Exploits of Elaine'이며 1914년 제작 및 개봉한 미국의 무성영화다. 일본에서는 '겐코쓰'라는 제목 외에 '일레인의 공훈(エレーヌの勲功)'이라는 별칭으로도 불렸으며, 속편 「The New Exploits of Elaine」도 연속으로 개봉하였다.

17   오자키 고요(尾崎紅葉, 1868~1903)가 《요미우리 신문(読売新聞)》에 1897년부터 1902년까지 연재한 소설로, 작가의 대표작이지만 집필 중 사망한 탓에 미완성으로 남았다. 이후 여러 차례 영화화되었으나 이 글에서는 1912년에 제작된 영화를 가리킨다.

18   기쿠치 유호(菊池幽芳, 1870~1947)의 가정 소설로 1899년 《오사카 마이니치 신문》에 발표되었다. 「곤지키야샤」와 마찬가지로 수십 차례 영화화되었다.

19   헤이케(平家) 가문의 번영과 몰락을 그린 13세기 작품으로, 가마쿠라 시대(鎌倉時代, 1185~1333) 군기 문학 중 가장 완성도 높은 작품이다.

노타니(一の谷) 전투나 단노우라(壇ノ浦) 전투를 소재 삼아 교토를 배경으로 당시의 갑옷 의상을 입혀서 촬영한다면, 아마도 「쿠오 바디스」[20]나 「안토니와 클레오파트라」[21]에도 뒤지지 않을 작품이 나오지 않을까 한다. 헤이안 시대(平安時代)의 「다케토리모노가타리(竹取物語)」[22] 등도 트릭 촬영[23]을 응용해 볼 만한 옛날이야기로서는 절호의 재료다.

이러한 작품이 다수 만들어진다면, 외래물의 수입을 막아 내고 오히려 이쪽에서 쭉쭉 수출할 수도 있다. 동양의 역사와 인정을 그린 활동사진은 서양인 기호에도 영합하리라고 확신한다. 음악이나 문학, 연극 분야에서 일본 예술가가 구미(歐美)로부터 인정받기란 매우 어렵지만, 활동사진 배우에게 이러한 지장은 조금도 없다. 만약 일본 배우의 이름이 찰리 채플린처럼 전 세계 방방곡곡에 울려 퍼진다면 일본인으로서 유쾌한 일이 아니겠는가. 명성을 원하는 자는

---

20 폴란드의 작가 헨리크 시엔키에비치(Henryk Sienkiewicz, 1846~1916)의 대표적 장편 역사 소설을 원작으로 한 영화. 원작 소설은 1896년에 발표되었으며 1905년 노벨 문학상을 수상하였다. 제목은 '주여 어디로 가시나이까.(Quo Vadis.)'라는 의미로, 사도 베드로가 박해를 피해 로마를 탈출할 때 한 말에서 비롯되었다. '네로 시대의 이야기'라는 부제가 붙어 있으며, 당시의 퇴폐적인 향연이나 초기 기독교도들이 겪었던 박해를 생동감 있게 묘사하였다.

21 윌리엄 셰익스피어(William Shakespeare, 1564~1616)의 희곡을 원작으로 하여 만들어진 스튜어트 블랙턴(James Stuart Blackton, 1875~1941) 감독의 1908년 영화를 가리킨다.

22 일본에서 현존하는 가장 오래된 이야기로, 작자와 창작 시기 미상의 작품이다. 일본의 가나 문자로 쓰인 최초의 작품이기도 하다.

23 영어로는 'Trick work'라고 하며 현실에서는 일어날 수 없는 현상을 특수 촬영 기법을 사용하여 화면에 표현해 내는 기술을 일컫는 영화 용어다.

활동 배우가 되어야 마땅하다.

　마지막으로 활동 변사의 좋고 나쁨에 대해서 한마디 하고 싶다. 영화 반주에 사용할 적당한 음악만 있다면 활동 변사를 완전히 없애 주었으면 좋겠으나, 현재로서는 가능한 한 활동 변사가 말하는 횟수를 줄여 주었으면 하는 바람이다. 서양 음악을 사용하기가 불가능한 경우에 한하여, 영화의 효과를 방해하지 않는 범위에서 줄거리를 간략하게 설명해 주면 족하다고 생각한다.

　서양 작품은 영화 속에 나오는 영어 문구를 일본어로 번역하여 서양의 배경 음악을 연주하면 그만이다. 조용하고 기품 있는 피아노 음색이라면 일본의 사진에도 대단히 넓게 응용 가능하며, 사극 등에 사용해도 그다지 어색하지 않다. 어쩔 수 없이 변사가 설명을 할 때는 되도록 영화 속에 나오는 문구를 그대로 따라서 능숙하게 낭독하는 정도에 그쳤으면 한다. 전체 줄거리를 처음부터 다 털어놓거나 번갈아 가며 대사를 주고받거나 하는 일 따위는 절대로 금지하고 싶다.

　나는 대체로 변사를 싫어하는데, 제국관[24]의 소메이 사부로[25]에게만큼은 감탄한다. 아주 드물게 헛소리를 하는 일

24　帝国館. 1910년에 개업하여 1983년에 폐관한 영화관.

25　染井三郎(?~1960): 1906년 무렵부터 일본 최초의 활동사진 상설관이었던 아사쿠사덴키칸(浅草電気館)에서 활동하였던 활동극 변사. 본문에서 언급한 영화 「안토니와 클레오파트라」가 1914년 일본에서 개봉하였을 때 변사를 담당해서 명성을 날렸다. 동시대 다른 변사들과 달리 담담하고 지적이며, 영상과 일체화된 연기로 보충적 설명만을 담당했던 기존의 변사 역할을 예술의 경지로 끌어올린 존재다.

도 있지만, 대체로 설명이 간결하고 요령이 있으며, 음성이
명료하고 박력 있는데도 영화의 효과를 방해할 우려는 없
다. 변사도 그 정도가 되면 있는 편이 나을지도 모르겠다.
일본의 활동사진계를 통틀어 오직 그에게만 재능이 있다고
여겨진다.

영화 잡감[26]

일찍이 모 잡지에 '활동사진의 현재와 장래'라는 글을 기고하면서, 영화화하는 데에는 이즈미 교카 씨의 작품들이 가장 적당하다고 추천한 바 있었다. 만약 내가 영화 제작에 참여하게 된다면 꼭 이즈미 교카 씨의 작품을 다뤄 보고 싶다. 그런데 우연히도 그 기회가 왔으니 이렇게 기쁜 일은 또 없으리라. 그래서 첫 시도로서 배우의 배역이나 이것저것을 두루 고려하여 『가쓰시카스나고(葛飾砂子)』[27]를 선택하였는데, 잘 만들어졌는지 여부는 별문제로 두고, 이 작품을 고

---

26   원제는 「映画雑感」으로 《신소설》 1921년 3월호에 발표되었다. 번역 저본으로 『谷崎潤一郎全集 第二十二巻』(中央公論社, 1986)에 수록된 글을 참조하였다.

27   이즈미 교카의 1900년 작품으로, 가부키 배우의 죽음과 그를 사랑한 여성의 실종을 둘러싼 이야기다. 다니자키가 이것을 각색하여 각본을 집필하였고 토마스 구리하라(ト―マス栗原, 1885~1926)의 연출로 다이카쓰(大正活映株式会社, 1920~1927) 영화사에서 제작, 1920년 12월 28일 마루노우치 유라쿠자(丸の内有楽座)에서 개봉하였다.

른 일만큼은 지금까지도 합당했다고 믿는다. 그뿐만 아니라 나는 이번 시도 덕분에 이즈미 교카 씨의 예술적 경지가 얼마나 영화에 적합한지를 더욱더 확실히 깨달을 수 있었다.

영화와 소설은 서로 완전히 다르므로, 어떤 뛰어난 소설을 그대로 영화화했다고 해서 반드시 영화로서도 우수한 작품이 되리라고 단언할 수는 없다. 그러나 교카 씨의 경우에는 그 많은 작품을 볼 때, 처음부터 소설이 아니라 영화로 만들었어야 하지 않았을까 하는 생각이 들 정도로 영화에 적합하다고 여겨진다. 「가쓰시카스나고」는 여러모로 만듦새가 부족하지만, 적어도 나에게 위와 같은 사실을 가르쳐 주었다. 그것만으로도 의의가 있는 일이었다.

교카 씨의 작품뿐만 아니라 순수 일본풍의 영화를 만들고자 할 때, 무엇보다도 우키요에(浮世絵)[28] 스타일의 얼굴을 지닌 여배우가 없다는 점이 가장 곤란하다. 오늘날의 젊은 여성, 특히 배우가 되려고 하는 여성들 중에는 왠지 서양 분위기를 풍기는 이들이 많다. 물론 그런 타입도 필요하기는 하지만, 가령 옛 막부 시대의 정취를 겨냥한 이야기를 쓰려고 해도 우선 여성 배우를 섭외하기가 가장 어렵다. 신바시(新橋), 아카사카(赤坂) 주변의 최고급 요릿집(一流所)을 뒤져 보면 혹시 그런 인물이 있을 성싶기는 하지만, 설령 있더라도 영화에 쉽게 출연해 줄 리 없다. 그런 곳의 미인들에게는 각각 후원자가 있기 때문이다. 후원자들이 진정으로

---

28   '우키요(浮世)'란 덧없는 세상, 즉 속세를 뜻하는 말로, '우키요에'는 에도 시대에 서민 계층을 중심으로 발달한 풍속화를 가리킨다. 주로 미인, 기녀, 광대 등의 풍속을 다루었으며 목판화로 제작하였기 때문에 대량 생산되었다.

현재 물정을 이해하고 활동사진이 얼마나 유망한 사업인지 고취해 주어서 그녀들 스스로 카메라 앞에 나서는 분위기를 만들어 주면 좋으련만 하고, 농담이 아니라 진지하게 생각해 본다. 게이샤로는 '일본 최고'가 한계이지만 스크린에 등장하면 '세계 최고'가 될 수 있다. 자신이 있는 자는 기탄없이 이 분야에 도전해야만 한다.

그다음으로 가발의 문제, 특히 상투머리[29]의 문제로 난처해진다. 저 대단한 다이에이(大映)[30]라고 해도, 부자연스러운 곳 없이 완벽한 상투머리를 고안해 내지 못한다면 어떻게 해도 도쿠가와 시대(德川時代)[31]를 배경으로 한 영화를 만들어 낼 수 없기란 마찬가지다. 이는 우리에게 상당히 중대한 타격이다. 생각하건대 영화용 상투머리는 종래의 연극용과는 완전히 다르게 고안해야만 한다. 각 배우가 지닌 타고난 얼굴과 그 독특한 표정의 자연스러움을 조금도 해치지 않고 씌울 수 있는 물건이어야만 한다. 이러한 의미에

---

29 일본어로는 존마게(丁髷, ちょんまげ)라고 하며, 주로 에도 시대 성인 남성들의 상투를 가리킨다.

30 1942년부터 1971년까지 영업했던 영화사. 초대 사장으로 작가인 기쿠치 간(菊池寬, 1888~1948)이 취임하였다. 당초에는 시대극과 소박하고 남성적 색채가 강한 작품을 주로 제작하였으나, 패전 후에는 점령군에 의해 시대극 제작이 금지되면서 탐정물이나 멜로드라마 등으로 노선을 바꾸었다. 1951년 다이에이에서 제작한 「라쇼몽(羅生門)」이 베니스 국제 영화제에서 일본 영화 최초로 금사자상을 수상하였고, 이후 「우게쓰모노가타리(雨月物語)」, 「지고쿠몽(地獄門)」이 연속으로 칸과 베니스 국제 영화제에서 입상하면서 일본 영화를 국제적으로 알리는 데 일조하였다. 결국 가도카와쇼텐(角川書店) 그룹에 인수되어 현재는 KADOKAWA 산하 브랜드 중 하나다.

31 도쿠가와 가문이 에도에 막부를 세워 통치하던 시대를 가리킨다.

서 주지로(重次郎) 가발을 얹으면 누구라도 주지로가 되고, 미쓰히데(光秀) 가발을 얹으면 누구라도 미쓰히데가 되는[32] 그런 종래의 가발과는 완전히 다르지 않으면 안 된다. 첫째로 머리털이 있는 경계 부분을 어떻게 자연스럽게 만들 수 있는가, 특히 뒤로 튀어나온 곳부터 목덜미 부분을 어떻게 할 것인가, 사카야키(月代)[33] 부분은 어떻게 해야 좋은가, 만일 그것이 하부타에(羽二重)[34] 같은 것으로 교묘하게 감싸더라도 이마 근육을 압박할 걱정은 없는가, 이런 세세한 점들을 생각하면, 배우에게 머리를 길러서 상투머리를 하도록 하는 방법 외에는 도리가 없다는 생각마저 든다. 가발의 측면에서 말하자면 도쿠가와 시대보다 센고쿠 시대(戦国時代),[35] 센고쿠 시대보다 오초 시대(王朝時代)[36] 쪽이 훨씬 사정이 낫다.

조금 다른 이야기인데, 서양 영화 중에서 내가 가장 좋아하는 작품을 꼽자면, 예전에 본 독일 베게너[37]의 「프

32 가부키 「산고쿠무소히사고노메데타야(三國無雙瓢箪久)」: 슛세타이코쿠키(出世太閤記)」의 등장인물. 도요토미 히데요시가 천하를 제패하기까지의 내용을 주로 다루는 작품이다. 미쓰히데란 오다 노부나가(織田信長)의 가신이었던 아케치 미쓰히데(明智光秀)를 가리키며, 주지로는 그의 아들이다.

33 에도 시대 남자의 상투머리에서, 이마부터 머리 한가운데까지 머리카락을 민 부분.

34 결이 곱고 얇고 부드러우며 윤이 나는 순백색의 비단.

35 15세기 말부터 16세기 말에 이르는, 전란이 빈번히 발생했던 시대.

36 일본 천황이 정치의 실권을 쥐고 있었던 시대로, 주로 나라 시대(奈良時代)와 헤이안 시대(平安時代)를 가리키는데 좁은 의미로 헤이안 시대만을 가리키기도 한다.

37 파울 베게너(Paul Wegener, 1874~1948): 독일 표현주의 영화의 선구자 중

라하의 학생(Der Student von Prag)」(1913)이나 「골렘(Der Golem)」(1915)처럼 실로 영구한 가치가 있는 작품을 제외하고는, 어중간하기보다 오히려 저속한 영화를 매우 선호한다. 아무리 저속하고 황당무계한 줄거리의 작품인들 활동사진이라면 신기하게도 기묘한 판타지를 느끼게 한다. 거기에 알맞은 예가 「지고마(Zigomar)」[38] 같은 영화들이다. 꽤나 엉터리에 부자연스러운 줄거리이기는 하지만 그 전체를 하나의 아름다운 꿈이라고 생각하면 되는 것이다. 어떤 의미에서 활동사진은 보통의 꿈보다 조금 더 또렷한 꿈이라고 할수도 있다. 사람은 잠들어 있을 때뿐 아니라 깨어 있을 때도 꿈을 꾸고 싶어 한다. 우리들은 백일몽을 보기 위해 활동사진관에 가는 셈이다. 깨어 있으면서 꿈을 맛보기를 원하는 것이다. 이러한 까닭 때문일까? 나는 밤보다 낮에 영화를 즐긴다. 기후도 겨울이나 가을보다는 봄이나 여름이 좋고, 특히 5월 말부터 6월에 걸친 초여름 무렵, 살짝 땀이 나는 시기가 가장 다양한 환상을 불러일으킨다. 그리고 집에 돌아와 잠자리에 들고 나서도 그 환상은 언제까지고 뇌리를 왕래하며 잠 속으로, 꿈으로 드나든다. 결국 그것이 꿈이었는지 영화였는지도 알 수 없는 상태가 되어서 하나의 아름다운 환영으로 오랫동안 기억 밑바닥에 남는다. 실로 영화는 인간이 기계로 만들어 내는 꿈이라 할 수 있다. 과학의

한 사람. 영화배우 겸 감독.

38 같은 제목의 프랑스의 괴도 소설 시리즈를 원작으로 한 영화. 일본에서 폭발적인 붐을 일으켜 여기에 영향을 받은 영화와 소설이 다수 만들어졌다. 아이들에게 악영향을 끼친다는 우려 탓에 상영 금지 처분을 받기도 했다.

진보와 인류 지혜의 발달은 우리에게 다양한 공업품을 하사해 주었는데, 마침내 꿈까지도 제조하기에 이르렀다. 인간이 만든 것들 가운데 최고 걸작은 술과 음악이라고들 하는데 영화도 확실히 그중 하나다. 이러한 측면에서 영화를 감상하는 사람에게는 사회나 도덕 문제를 다룬 차분한 작품보다도 저속하고 떠들썩한 작품 쪽이 그 목적에 부합하는 셈이다.

마침 생각났는데 지난봄, 필시 3월 무렵의 일이었다. 어느 날 나는 다이쇼카쓰도(大正活動)[39]의 토마스 구리하라 군과 처음으로 요코하마에서 만나기로 했다. 정오 즈음에 오다와라(小田原)에서 출발하여 사쿠라기초(桜木町)역에 당도해 야마시타초(山下町) 31번지에 있는 회사 사무실로 향하였다. 그날은 아주 날씨가 좋고 따뜻한, 반짝반짝한 밝은 기분이 들었는데, 나는 거의 몇 년 동안 온 적이 없는 요코하마 시가지를 흔들리는 자동차를 타고 달렸다. 어딘가 외국 분위기가 감도는 바샤미치(馬車道)[40] 거리나 그곳을 오가는 중국인, 서양인의 풍속을 멍하니 바라보면서 갔다. 그

---

39 다이쇼카쓰에이 주식회사(大正活映株式会社)는 예전 요코하마(横浜)에 있었던 영화사로, 1920년 설립되었다. 문예 고문으로 다니자키 준이치로, 초대 촬영소장으로 당시 할리우드에서도 배우로 활약하였던 토마스 구리하라를 선임하였다. 그러나 1922년 제작 중지에 들어가고 1927년에 결국 해산하면서 제작 회사로서는 단명하였으나 많은 인재를 배출하였다. 설립 당시에는 다이쇼카쓰도샤신(大正活動写真) 주식회사였으나 후에 사명을 바꾸고 다이카쓰(大活)라는 약칭으로 불렸다.

40 일본 최초의 근대화된 도로라고 평가받는 대로. 일본 최초로 가스등이 설치된 길이기도 하다.

렇게 사무실에 도착하고 보니, 그곳은 해안 도로 안쪽에 있는 큰길, 오래된 벽돌 건물을 쓰는 저팬 가제트사[41] 맞은편에 위치한 작은 건물이었다. 동네 모습이 어쩐지 상하이 부근을 방불하게 했다. 구리하라 군은 그 건물의 문을 열고 나를 안으로 안내하였다. '지미'인지 누군지로 불리던 예순 전후의 나이 든 종업원 한 명이 비칠거리고 있을 뿐으로, 좁은 아래층 방에는 아무도 보이지 않았다. 그러나 들어가자마자 바로 달콤함이 감도는 필름 특유의 냄새가 코를 찔렀다. 나는 이 안쪽 어딘가에 현상소가 있는 모양이구나, 하고 생각하며 들고 있던 엽궐련을 버리고 그 불을 공손하게 비벼서 껐다. 구리하라 군은 "자, 2층으로."라고 말하며 나를 계단 위로 데려갔다. 그곳은 큰길 쪽을 향해 있으며 양쪽에 창문이 나 있는, 별로 넓지는 않지만 깔끔하고 햇볕이 잘 드는 방이었다. 구리하라 군이 집무를 볼 때 쓰는 대형 책상이 한쪽 벽을 따라 놓여 있었다. 촬영 기사인 이나미(稲見興美) 군이 나와서 인사를 한 뒤 "지금까지 우리 회사에서 제작한 필름 두세 개를 보여 드리겠습니다."라고 말하자마자 둘은 바로 준비를 시작했다. 가정용 아크메 영사기[42]를 책상 위에 놓고 거기에 전등 선을 단다. 양쪽 창문의 쇠살문을 달아 버린다. 푸른 하늘의 환한 빛이 한가득 들던 방 안은 갑자기 캄캄해졌다. 영화는 이 작은 방 한쪽에서 다른 쪽 벽으

---

41   요코하마에서 영문 일간지 《The Japan Gazette》를 발행하였던 신문사로, 1867년 10월에 설립되었다.

42   당시 일본의 기술로는 영사기를 제조할 수 없었기 때문에 주로 미국의 아크메 상회(アクメ商会)에서 만든 영사기를 수입하여 사용하였다.

로 자그마하게 비춰졌다. 나는 그곳에서 두 개의 실사 작품을 보았다. 하나는 「산케이엔(三溪園)[43]의 벚꽃」이고, 또 하나는 「실크 인더스트리」였다. 누에에서 명주가 만들어지고, 또 정교한 직물이 되어 포목전 앞에 깔리고, 마침내 도시 여성들의 나들이옷이 될 때까지의 순서를 보여 주는 내용이었다. 지극히 평범한 실사 작품이긴 했지만, 지금까지 매우 밝았던 방이 순식간에 어두워지고 게다가 그 벽에 작디작게, 보석처럼 반짝반짝 영사되어 선명하고 또렷하게 움직이는 형체를 보노라니 점차로 나는 어떤 기묘한 꿈을 꾸는 듯 황홀경에 빠져들었다. 암흑 속에 구획된, 겨우 석 자 사방(三尺四方)도 채 되지 않는 빛의 세계, 그곳에 잠잠히 살아 움직이는 누에의 모습, 그것을 바라보고 있자니 이 작은 사각형 바깥에 세상이 존재한다는 사실을 잊고 말았다. 이 방 바깥에 요코하마라는 도시가 있고, 사쿠라기초 정류장이 있고 기차가 있고, 그 기차를 타면 먼 오다와라의 내 집으로 돌아갈 수 있다는 사실이, 원래 내 집이 있다는 사실마저 전부 거짓말처럼 느껴졌다. 영사가 끝나고 야마테(山手) 77번지의 스튜디오에 가려고 사무실을 나와 바깥 공기를 마셨을 때, 나는 처음으로 후우 하고 숨을 돌렸다. 그리고 내 눈을 의심하는 기분으로 주변 풍경을 신기하다는 듯 쳐다보았다.

영화에 변사가 필요하지 않다는 이야기를 종종 들었

43 생사(生糸) 무역으로 부를 축적한 실업가가 1906년에 개방한 정원으로, 정원 내에는 교토나 가마쿠라(鎌倉) 등지에서 옮겨 온 역사적 가치가 높은 건축물과 조형물이 배치되어 있다.

고, 심지어는 음악도 불필요하지 않을까 하고 생각했는데,
특히 그때에 절실히 느꼈다.

영화 감상
『순킨 이야기(春琴抄)』 영화화 무렵에[44]

이번에 『순킨 이야기』[45]를 쇼치쿠 가마타(松竹蒲田)[46]에서 영화화하였다. 이처럼 영화화하기 대단히 곤란하다고 여겨지는 작품을 채택한 까닭은, 앞으로 단지 『순킨 이야기』를 영화로 제작하는 데에 그치지 않고, 대중 문예나 통속 소설이 아닌 이른바 순수 문예를 영화화할 계획을 품고

---

44 원제는 「映画への感想 ―「春琴抄」映画化に際して―」로 《サンデー毎日春の映画号》 1935년 4월호에 실린 글이다. 번역 저본으로 『谷崎潤一郎全集 第二十二巻』(中央公論社, 1986)에 수록된 글을 참조하였다.

45 다니자키 준이치로의 중편 소설. 아름다운 미모를 지닌 약제상의 딸이자 어린 시절 실명한 이후 샤미센(三味線) 연주에만 골몰하는 주인공 순킨(春琴)과 가게 고용인으로 그녀에게 헌신적인 사랑을 바치는 사스케(佐助)의 관계를 그린 작품. 다니자키의 독자적인 여성 숭배와 가학적 애욕의 세계를 완성한 작품으로 일컬어진다. 1933년 6월 《중앙공론(中央公論)》에 발표되었다.

46 연극을 전문으로 하던 쇼치쿠가 1920년 영화계로 진출하면서 현재 오타구(大田区) 가마타(蒲田)에 해당하는 지역에 차린 영화 촬영소. 그러나 주변에 공장이 많았던 관계로 영화 제작에 지장이 발생하면서 1936년 가나가와현(神奈川県) 가마쿠라시(鎌倉市) 오후나(大船)로 이전하였다.

있기 때문이다. 그 계획의 일환으로서 우선 『슌킨 이야기』를 다루게 되었을 뿐이다. 실은 로쿠샤 오사무[47] 씨에게 제안을 받고 영화화하기에 이르렀는데, 결국 어떤 작품이 만들어질까. 시마즈 야스지로[48] 씨가 각색과 감독을 맡고, 장치나 다른 부분은 고무라 셋타이[49] 씨가 담당한다는데, 이러한 작품을 과감하게 영화로 만들 때에는 뭐니 뭐니 해도 각 방면의 관계자가 비등한 수준으로 잘 갖추어지지 않으면 도저히 좋은 작품이 나오지 못하리라는 기분이 든다. 다나카 기누요[50]가 슌킨으로 분한다고 들었는데, 그이도 대단히 인기 있는 배우이기는 하지만, 처음 계획을 논의하였을

---

47   六車修: 쇼치쿠 가마타의 영화 제작자.

48   島津保次郎(1897~1945): 쇼치쿠 가마타 '소시민 영화'의 선구자라 불리는 영화감독으로 가마타 촬영소의 설립과 동시에 쇼치쿠의 감독이 되었다. 서민의 일상생활을 밝고 생동감 넘치게 그려 낸 「이웃집 야에짱」(1934)은 일본 최초의 유성 영화 성공작으로 평가된다. 이 글에서 이야기하는 다니자키 준이치로의 『슌킨 이야기』를 영화화한 「오코토와 사스케(お琴と佐助)」(1935)를 감독하였는데 이 작품이 흥행에 성공하면서 당시 일본 영화계에 순문학을 영화화하는 움직임이 일어났다.

49   小村雪岱(1887~1940): 일본의 화가로 판화, 삽화 및 장정(裝幀)에 이르기까지 다양한 활동을 펼쳤다. 무대 미술 분야에서도 재능을 발휘하였으며 특히 미조구치 겐지(溝口健二, 1989~1956) 감독의 미술을 담당하면서 스스로의 경력에 한 획을 그었다는 평가를 받는다.

50   田中絹代(1909~1977): 배우, 영화감독. 일본 영화의 여명기부터 활약한 대스타이며 일본 영화계를 대표하는 여러 거장 감독들과 함께 작업하였다. 데뷔 초에는 청순한 이미지로 인기를 구가하여 쇼치쿠의 간판스타가 되었으며, 전후에는 여러 작품에서 완숙한 연기를 선보이며 연기파 배우로서 입지를 구축하였다. 특히 이 시기에 미조구치 겐지 감독과 함께 작업한 영화가 국제 영화제에서 수상하는 등 좋은 평가를 받았다. 이후에는 감독으로도 데뷔하여 여섯 편의 영화를 연출하였다.

때 나는 오카다 요시코[51]가 맡으면 어떨까 하고 생각했다. 그러나 솔직히 이런 말을 한들 — 나는 지금의 일본 영화계에 대해서 거의 알지 못하지만 — 순킨이나 사스케, 그 밖의 『순킨 이야기』의 인물을 잘 살려 줄 만한 남녀 배우는 아마한 명도 없지 않을까. 이런 말을 하면 모처럼 마음먹고 제작 중인 사람들에게 참으로 미안한 이야기이지만, 나는 영화화된 『순킨 이야기』에 거의 아무것도 기대하는 바가 없다. 따라서 완성된 작품을 볼 생각도 없다. 무엇보다도 기대를 일단 놓아 버리고 완성 작품의 수준이 어느 정도일까 하는 점 하나만을 기다린다면 기다리지 못할 것도 없겠으나, 지금으로서 나는 영화를 볼 생각이 조금도 없다. 이는 특별히 『순킨 이야기』에만 한정되지 않는다. 아무래도 자신의 글을 영화화한 작품을 보는 일은 지금까지의 경험에 비춰 볼 때 나로서는 도무지 견딜 수 없는 일일 듯싶다.

그러한 까닭에서, 대단히 미안한 일이지만 나는 시마즈 야스지로 씨가 각색한 대본도 받아 두고는 아예 읽지 않았다. 각색 이야기를 하자면 영화와 문예는 전혀 별개의 영역이기 때문이다. 예컨대 『순킨 이야기』를 영화화하려는 경우, 원작의 요소를 영화적으로 충분히 잘 살리기 위해서라면 작품을 자유자재로 해체하여 다시 구성해도 문제가 없

---

51 岡田嘉子(1902~1992): 배우, 연출가, 아나운서. 무성 영화 시대를 대표하는 배우였으며, 1936년 소련으로 넘어가 대일(對日) 라디오 방송국의 아나운서를 맡기도 하였다. 그 후 일본으로 귀국하여 몇 년간 연출 활동을 하고 무대에 서기도 하였으나 이후 다시 모스크바로 돌아갔다.

고, 또 그렇게 해야 마땅하다고 생각하는데, 그러려면 역시 각색하는 이가 충분히 신뢰할 수 있는 사람이어야만 한다. 시마즈 야스지로 씨는 최근 상당히 좋은 작업을 보여 주고 있으니 아마 그런 의미에서 신뢰해도 괜찮은 사람 중 하나이리라. 하지만 각색자나 감독이나 배우나, 이 사람이다 하는 생각이 들 만큼 흡족한 사람은 아무래도 —— 일본 영화계에 있기야 하겠지만 —— 드문 듯하다. 이름을 거론하면 결례니까 삼가겠으나, 일본 영화계에서는 초일류라고 일컬어지는 사람들조차 나 같은 사람이 보기에는 그저 보통이라 할 수준이고, 이는 특별히 연령이 많거나 적거나 하는 등의 문제가 아니다. 뭐라고 할까, 대체로 다른 방면의 사람들과 비교해서 역시 수준이 높지 않은 것 같다는 생각을 억누를 수 없다. 진실로 감독다운 감독, 배우다운 배우가 매우 드물다는 사실, 역시 그런 점이 나로 하여금 일본 영화를 꺼리게 하는 원인이라고 할 수 있다. 아니, 그러고 보면 일본 영화뿐만 아니라 요즘은 외국 영화도 거의 보지 않게 되었다. 일본 작품이든 외국 작품이든 영화를 보고 싶어서 극장에 가는 일이 없어진 까닭은 나에게서 영화에 대한 관심이 이미 사라져 버렸기 때문이리라. 아무래도 이쪽이 진짜 이유에 가깝다는 생각이다. 이러한 연유로 이리에 다카코[52]

---

52 入江たか子(1911~1995): 영화배우. 1927년 데뷔하자마자 근대적이고 기품 있는 미모로 높은 인기를 구가하며 다수의 작품에 출연하였다. 1932년에는 이리에 프로덕션(入江プロダクション)을 설립하는 등 크게 활약하였으나 여러 차례 병을 앓는 등 개인 사정으로 전후 몇 년간은 조연만 맡았다. 1953년에 일본 고유의 괴담 영화 장르 중 하나인 바케네코 영화(化猫映画)

나 캐서린 헵번[53] 등의 이름을 들어는 봤어도 아직 스크린 속에서 만나 본 적이 없는 데다, 친하게 지냈던 오카다 도키히코[54]도 죽기 직전에야 뛰어나다는 평판을 받았는데, 그가 출연한 작품 중 본 것이라고 해 봐야 먼 과거의 다이카쓰 시절 영화 정도다. 실은 일전에 엘리자베트 베르그너[55]의 「여자의 마음(女の心)」[56]이 매우 좋다는 이야기를 여기저기서 듣고, 그러면 오랜만에 영화를 볼까 하고 생각했는데 그마저도 무슨 용무에 얽매여서 그대로 놓치고 말았다.

'다이카쓰'라고 하니 생각났다. 분명 다이쇼 9년(1920)이었는데, 그 무렵은 나도 아직 젊어서 영화에 여러모로 관심을 가지고 있었기 때문에 문예부 고문이라는 직함으로 다이카쓰에 입사하여 「아마추어 클럽(アマチュア俱樂部)」,[57]

「가이단사가야시키(怪談佐賀屋敷)」가 크게 히트한 까닭에 이후 동일 장르 영화에서 연달아 주연을 맡았고, '바케네코 여배우'라는 별명을 얻었다.

53 Katharine Hepburn(1907~2003): 미국의 배우. 비극과 희극, 영화와 연극 무대를 넘나들며 크게 활약하였고 여러 차례 미국 아카데미 여우 주연상을 수상하였다.

54 岡田時彦(1903~1934): 한 시기를 풍미했던 일본의 미남 배우. 다니자키 준이치로의 추천으로 영화계에 데뷔하였다. 탁월한 용모와 재능으로 톱스타의 자리를 굳건히 지켰으나 결핵으로 일찍 세상을 떴다.

55 Elisabeth Bergner(1897~1986): 독일의 배우. 연극배우로 출발하여 파리와 베를린에서 주로 활동하였고, 이후 런던의 영화계에서도 활약하였다.

56 원제는 'Ariane'으로 1931년 개봉한 독일 영화. 베르그너가 유성 영화에 출연한 첫 작품이다.

57 1920년에 제작·개봉한 영화로 다이카쓰 설립하고 첫 공개한 작품이다. 다니자키가 시나리오를 집필하고 토마스 구리하라가 감독하였다.

「히나마쓰리의 밤(雛祭の夜)」,[58] 「가쓰시카스나고」, 「음탕한 뱀(蛇性の婬)」[59] 등 갖가지 제작에 관여하였다. 지금 생각하면 신기할 정도로 매우 열심히 일했다. 이 가운데 「아마추어 클럽」은 내가 쓴 원작을 스스로 각색하고, 감독이었던 토마스 구리하라가 세세한 부분을 손봐 주었던 영화다. 다이카쓰의 첫 작품이었는데 전반적으로 평판이 좋았다. 「히나마쓰리의 밤」은 모두가 합심하여 만든 작품으로, 대부분 내가 제작하였다. 이즈미 교카 씨의 작품 「가쓰시카스나고」는, 영화를 거의 보지 않던 원작자조차 감상하고 나서 대단히 좋았다고 칭찬해 주었을 정도이니, 아마 훗날 영화화된 그의 많은 작품 중에서 여전히 가장 훌륭한 영화이지 않을까? 또 이즈미 교카 씨의 「풍류선」[60]은 각색가, 감독, 배우, 그 밖의 모든 조건이 갖추어져 영화로 연출하게 된다면 매우 재미있는 작품이 될 듯하다. 그러나 일본 영화계가 지금과 같은 상태여서는 도무지 어려울 터다. 「음탕한 뱀」은 우에다 아키나리의 작품을 각색하여 만들었는데, 그 영화를 마지막으로 다이카쓰 쪽 사정이 어려워져서 자연히 나도 영화계에서 멀어지게 되었다. 그 무렵부터 쭉 영화 공

---

58 1921년 개봉한 다이카쓰 제작 영화로 원작자 다니자키가 스스로 각색하였고, 토마스 구리하라가 감독을 맡았다.

59 1921년 개봉한 다이카쓰 영화며, 에도 시대를 대표하는 요미혼(読本) 작자 우에다 아키나리(上田秋成, 1734~1809)의 원작을 다니자키가 각색하였고, 역시 토마스 구리하라가 감독하였다.

60 이즈미 교카가 1903년부터 1904년에 걸쳐 신문에 연재한 대작. 「풍류선」과 「속 풍류선」 두 작품으로 나뉘어 있으나 줄거리는 그대로 이어져서 두 권이 하나의 장편 소설을 이룬다고 볼 수 있다.

부를 계속해 왔다면 이제 일본에서도 토키 영화(유성 영화)를 왕성하게 만들고 있으니 어쩌면 나 자신도 토키 영화 각본을 하나둘 정도는 쓰게 되었을지 모르지만 지금의 나로서는 불가능하다. 일본 영화계가 지금과 같은 상태라면 절대 엮이고 싶지 않다.

내가 쓴 글들 중에서 지금까지 영화화된 작품은 상당히 적다. 「아마추어 클럽」 같은 작품은, 말하자면 내가 직접 영화화한 셈인데, 그 밖에는 닛카쓰에서 「혼모쿠 야화(本牧夜話)」,[61] 도아(東亜)[62]와 닛카쓰에서 「오쓰야 살해(お艶殺し)」[63] 그리고 이번 『슌킨 이야기』, 아마도 이게 전부다. 「오쓰야 살해」는 두 편 모두 보지 않았고 「혼모쿠 야화」 쪽은 보고 나서 싫어하게 되었다. 아무래도 감독이 썩 좋지 않았던 모양으로, 당시에 험담 비슷한 글을 어딘가에 썼다. 영화화된 작품이 좀 더 많은 듯하면서 그렇지 않은 까닭은 역시 내 작품이 대체로 영화화하기에 곤란한 부분이 많기 때문이리라. 그럼에도 불구하고 「오쓰야 살해」가 두 차례나 영화화된 까닭은 아마 내 작품 중에서도 비교적 보통의 연극으로 쓰일 법한 내용이기 때문이리라. 다시 『슌킨 이야기』 말

---

61 1922년 다니자키의 희곡으로, 1924년 영화화되었다.

62 정식 명칭은 동아흥행(東亜興行) 주식회사로, 도쿄 스기나미구(杉並区)에 본사를 두었던 영화 회사. 영화관, 피트니스 클럽, 부동산 사업, 볼링장과 댄스홀 경영 등 영화뿐 아니라 다양한 사업을 운영하였다.

63 다니자키의 동명 원작 소설을 영화화한 두 편의 작품을 가리키는데, 일반적으로 쓰지 기치로(辻吉郎, 1892~1946) 감독이 연출하여 1934년 개봉한 닛카쓰의 '올 토키 시대극 영화'가 널리 알려져 있다.

인데, 만약 내가 이 작품을 연출한다면 자기 눈을 찔러서 맹인이 되어 버린 사스케를 통해 환상의 세계에 자리한 순킨을 아름답게 그려 내고, 그것과 현실 세계를 교착시키면서 이야기를 진행할 것이다. 실제로 그렇게 잘 만들어질지 어떨지는 스스로도 잘 모르겠다. 혹시나 성공한다면 필시 흥미로운 작품이 완성되지 않을까 한다.

내가 본 오사카와 오사카 사람[64]

　도쿄 긴자(銀座)에 오사카 도톤보리(道頓堀)에 있는 것과 같은 카페 거리가 출현하여 오사카식으로 손님을 부르거나 그 뒷골목에 호젠지 요코초(法善寺橫丁)[65]의 '쓰루겐(鶴源)'이 개업하는 일 따위가 시대의 추세가 되고부터는 도쿄 사람이 간사이 지역에 대하여 옹졸한 반감을 품어 봤자 따라잡을 수 없게 되었다. 메이지 말년 무렵, 적어도 나의 청년 시절에는 그 무슨 무슨 가미가타켄부쓰(上方見物)[66] 라쿠고에 나올 법한 에도 토박이[67]로서의 자부심이 도쿄 사람들

64　원제는 「私の見た大阪及び大阪人」으로 《중앙공론》 1932년 2월호부터 4월호에 걸쳐 발표되었다. 번역은 篠田一士 編, 『谷崎潤一郎随筆集(岩波文庫)』(岩波書店, 1985)에 수록된 「私の見た大阪及び大阪人」을 바탕으로 하였다.

65　호젠지는 오사카시에 있는 사찰로 절의 북쪽에 있는 작은 골목길을 호젠지 요코초라 부른다. 도톤보리 근처에 위치하고 있으며 옛 오사카의 모습을 간직한 노포와 선술집이 늘어선 거리다.

66　고전 라쿠고(落語)의 상연 종목 중 하나로 '에도켄부쓰'라고 부르기도 한다.

67　江戸っ児 또는 江戸っ子로 표기하는데 도쿠가와 시대의 에도(현 도쿄 지역)

사이에 남아 있었다. 현재 간토·간사이의 쇼치쿠 사장, 시라이와 오타니[68] 두 사람이 가부키자(歌舞伎座)[69]의 주식을 매점(買占)하여 고(故) 다무라 나리요시[70] 씨를 쫓아내려 했을 때, 당시 세기말적 에도 토박이가 우오가시(魚河岸, 어시장)의 형님들을 선두에 내세우고 "결사반대!"를 부르짖으면서 쇼치쿠의 야심에 일시적이나마 좌절감을 안겨 주었던 일은 내 기억 속에서 여전히 새롭다. 그런데 오늘날 도쿄에서는 에도 토박이의 자부심을 찾아볼 수 없다. 물론 에도 토박이 자체가 이미 도쿄에서 자취를 감추었기 때문에 어쩔 도리가 없지만, 그렇다고 에도 토박이의 전통을 얼마간 유지하는 사회에서까지 자부심이 완전히 사라졌다고 할 수 있을까? 예를 들어 사단지(左団次)[71]나 기쿠고로(菊五郎)[72]가 좀처럼 간사이 지역 극장에 오는 일이 없고, 가끔 오더라도 교토나 다카라즈카(宝塚), 고베(神戸) 같은 곳의 무대에만

에서 태어나고 자란 사람들을 가리키며 그들이 지닌 특정한 기풍을 언급하기 위해 사용하는 경우가 많다.

68　쇼치쿠의 창업자인 쌍둥이 형제 시라이 마쓰지로(白井松次郎, 1877~1951)와 오타니 다케지로(大谷竹次郎, 1877~1969)를 가리킨다.

69　1889년 도쿄에 설립된 극장으로, 가부키 부흥에 기여하였으며 여러 차례 재해를 입고 재건되기를 반복하였다.

70　田村成義(1851~1920)는 극장 경영인으로, 위에서 언급한 가부키자 경영에도 관여하였다.

71　가부키 배우의 가명(家名)인 이치카와 사단지(市川左團次)를 말하며, 여기서는 2대 이치카와 사단지(1880~1940)를 가리키는 듯하다.

72　앞의 사단지와 마찬가지로 가부키 배우의 가명인 오노에 기쿠고로(尾上菊五郎)를 말하며, 본문에서는 6대 오노에 기쿠고로(1885~1949)를 가리키는 듯하다.

오를 뿐, 도톤보리의 작은 가설극장에서 상연하는 일이 거의 없는 것은 무슨 까닭에서인가. 이 두 사람은 결코 옹졸한 마음의 소유자가 아니지만, 도쿄의 가부키 배우 중에서 취향이나 기질이 가장 에도 토박이스럽기 때문에 아마도 간사이의 향토색이나 인정, 풍속 등이 그들의 결벽증을 건드렸으리라. 그들은 인기로 먹고사는 사람이므로 입 밖에 내어 분명하게 밝히지는 않지만 내 경험으로 미루어 보건대, 대체로 상상이 간다.

동과 서의 가부키 배우가 서로 오가는 일은 도쿠가와 시대에도 예삿일이었던 듯싶은데, 에도 문인으로 간사이에 귀화한 자가 몇 명쯤 있었는지 아니면 없었는지 나는 잘 모른다. 하지만 나와 친분 있는 이들 중엔 오히려 이쪽에서 도쿄로 가는 자가 많은데, 반면 그쪽에서 이쪽으로 이주한 자는 거의 손에 꼽을 정도다. 가장 비근한 예로는 시가 군[73]이 젊은 시절에 교토 기누가사무라(衣笠村)에 집을 마련한 적이 있는데, 간토(關東) 대지진이 있기 한 해 전 즈음에 다시 교토에 와서 아와타구치(粟田口)에 살았고, 지금은 알다시피 나라(奈良)에 새 거처를 지었다.[74] 그 밖에 구스야마 마사오[75] 군

73　『암야행로(暗夜行路)』 등으로 유명한 소설가 시가 나오야(志賀直哉, 1883~1971)를 가리킨다.

74　[원주] 이 밖에 이바라키현(茨城県) 사람인 기쿠치 유호 씨, 아오모리현(青森県) 사람인 사토 고로쿠(佐藤紅緑, 1874~1949) 씨 두 선배가 이전부터 쭉 오사카에 자리 잡고 계신다.(원주는 모두 1932년 4월 간행된 『이쇼안 수필(倚松庵随筆)』 수록 원고에 달린 두주다.— 옮긴이)

75　楠山正雄(1884~1950): 연극 평론가이자 아동 문학가로, 문필 활동뿐만 아니라 출판사에서 백과사전 등을 편집하기도 하였다.

이 난젠지(南禅寺) 부근에, 고 오사나이 가오루[76] 군이 롯코(六甲) 구라쿠엔(苦楽園)과 오사카 덴노지(天王寺) 부근에 각각 이주했던 적이 있으나 둘 다 오래 머물지는 않았다. 특히 큰 지진 직후에, 한때 우리 동료들이 속속 교토·오사카 지역에서 안주할 곳을 찾는 듯 보였으나, 그 또한 정말 일시적인 피난에 지나지 않아서 간토의 여진이 전혀 사그라지지 않은 와중에도 이미 하나둘씩 줄어들더니 모두 어느샌가 되돌아가고 말았다. 그래서 현재 여기에 남아 머무르는 간토 사람이라 하면 시가 군과 나, 둘뿐이라 해도 좋다. 그런 시가 군도 예전에 "나이 들면 역시 도쿄가 그리워지겠지."라고 말했는데, 이를 떠올리면 어쩐지 허전한 기분이 든다.

우리 동료들이 간사이 지방을 등지는 중요한 원인은 실상 도쿄에 있지 않으면 작가 생활을 해 나가기 어렵다는 사정 탓이지, 옛 에도 토박이 같은 반감이 작용한 것은 아닐 터다. 하지만 간토 출생자가 이쪽으로 이주하고 얼마간은, 적어도 이곳 사람의 기질에 동화하기까지 오 년 또는 십여 년 동안 '편치 않은' 수준의 불쾌함을 견뎌야만 함은 지금도 여전히 부정할 수 없는 사실이다. 이러는 나 자신도 4~5년 전 《문예춘추(文藝春秋)》에 「한신 견문록(阪神見聞録)」 원고를 보내 오사카 '인간'에 대한 반감을 노골적으로 기술해서 지역 사람들의 미움을 샀던 적이 있는데, 지금도 잊을 수 없다. 다만 내 경우에는 다행히도 이곳 기후와 먹거리가 처음

---

76 小山内薫(1881~1928): 극작가, 연출가, 소설가. 잡지 《신사조(新思潮)》를 창간하였으며 자유 극장(自由劇場)과 쓰키지 소극장(築地小劇場) 창립 등에 관여하여 일본 신극 운동의 선구자로 일컬어진다.

부터 도쿄 쪽보다 체질과 기호에 맞았다. 나의 숙부나 친척 중에는 가끔 이쪽에 놀러 와도 흰 살 생선회에 젓가락도 대지 않으며, 싱거운 조림이 불만스럽고 이상한 짠맛이 나는 간장을 마음에 들어 하지 않는 등 완고한 에도 토박이도 있었다. 하지만 나는 미각 부분에서는 처음부터 간사이를 선호했다.[77] 그리고 지금은 이른바 '깍쟁이 기질'에 대해서조차 아무런 불쾌함을 느끼지 않을 뿐 아니라, 오히려 일종의 친밀감을 느끼고 있다. 솔직히 나도 이쪽으로 가족을 모두 데리고 옮겨 왔던 당시에는 그야말로 이재민이었기에 도쿄가 복구되기까지 임시로 지낼 작정이었는데, 그런 나를 이 땅에 뿌리내리게 한 것은 과연 무엇일까. 나는 지난겨울 롯코산(六甲山) 기슭의 오카모토(岡本) 산장을 팔아 버리고 셋집살이 신세가 되었다. 그런데도 간사이를 떠날 생각은 추호도 없다. 가능하다면 앞으로도 영원히 이 지역에 눌러 앉고 싶고, 머지않아 부모님 묘까지도 유골을 나눠서 이곳 절로 모셔 올까 생각하고 있을 정도다. 나처럼 순수한 도쿄 사람이 이렇게까지 이 고장과 푹 엮이게 된 일을 생각하면 불가사의한 인연이라고 하지 않을 수 없으며, 그와 동시에 간사이 풍토와 인정에 대하여 좋든 싫든 나의 애정이 나

---

77 [원주] 음식은 조리법이나 재료를 봐도 대체로 간사이 쪽이 뛰어난데, 다만 회나 채소 절임에 쓰는 날간장의 맛은 간토만 못하다. 기코만(龜甲万)이나 야마사 같은 유명 상품이 간사이에 들어와 있지만 도쿄의 물건과는 품질부터 다르다는 생각이다. 나다자케(灘酒, 효고현 나다 지방에서 나는 고급 청주.— 옮긴이)가 도쿄에 와서 맛이 없어지는 것과 정반대에 해당하는 현상이다.

날이 더욱 깊어 감은 자연스러운 이치다. 따라서 내가 다이쇼 12년(1923)[78] 이후, 햇수로 십 년 동안의 관찰을 바탕으로 지금 이야기할 간사이 문화에 대한 비평은 「한신 견문록」을 집필했을 때처럼 얄궂은 관심에서가 아니라, 이제는 '제2의 고향'이라 할 만한 교토와 오사카에 대한 애정에서 비롯되었음을 미리 밝혀 두고 싶다. 어쩌면 나는 언제까지나 도쿄 사람으로서의 본래 기질을 잃지 않을지도 모른다. 이 글은 역시 어디까지나 '도쿄에서 이주해 온 자'의 관찰일 따름이리라. 그러므로 이따금 간사이 사람의 결점에 대해 신랄한 악담을 늘어놓더라도 이는 내가 오랫동안 신세를 끼친 이 지역 사람들에게 드리는 노파심이자 충고일 따름이다. 특히 간사이의 독자 여러분은 이 점을 염두에 두고 읽어 주기를 바란다.

본디 도쿄 사람이 간사이에 품는 감정 가운데 오사카에 대한 반감만큼 강한 것은 없다. 간사이를 싫어하는 사단지나 기쿠고로도 교토까지는 오지만 오사카 복판으로는 쉬이 오지 않는다. 간사이의 정황을 아예 모르는 도쿄 사람이

78　[원주] 자세히 말하자면, 나는 다이쇼 12년 9월 20일 무렵에 가족과 함께 시나가와(品川)항에서 상하이마루(上海丸) 연락선을 타고 고베에 상륙, 잠시 아시야(蘆屋)의 친구 집에서 지내다가, 10월 상순에 교토 도지인(等持院) 근처로 옮긴 뒤 히가시야마산죠(東山三条) 요보지(要法寺) 내에 거처를 빌려 살았다. 그러나 교토의 추위를 견딜 수가 없어서 그해 섣달그믐 언저리에 구라쿠엔으로 이사하였고, 이듬해 3월에야 오카모토에 집 한 채를 마련하였다. 그 이후 가끔 거주지를 옮기기는 했어도 쭉 오사카와 고베 사이를 벗어나지 않고 있다.

가끔 이쪽으로 여행을 와 봤다고 가정해 보자. 그럼 교토라면 살 만하지만 오사카는 천박해서 도저히 견딜 수 없다고 생각할 터다. 우선 이는 당연한 일인데, 예로부터 '교오사카(京大阪)'라고 말하기는 해도 "교토는 오사카의 첩이다."라는 말처럼 진실로 도쿄에 대항할 만한 실력을 지닌 대도시는 오사카 말고는 없기 때문에, 뭐니 뭐니 해도 오사카가 눈엣가시처럼 여겨지는 것이다. 교토는 오랜 세월 도읍지였고 온갖 고전 문화의 연총(淵叢)이었던 관계로 제아무리 콧대 높은 도쿄 사람이라도 다소간 존경과 정겨움을 느낄 수밖에 없다. 또한 교토 사람의 성질은 몹시 소극적이기 때문에 여행자가 잠시 둘러본 정도로는 그들이 지닌 불쾌한 부분이나 결점을 그다지 뚜렷하게 눈치챌 수 없다. 그런데 오사카라면 예전부터 시정아치들의 도시로, 무엇보다도 우선 돈이면 만사형통이라는 지역의 풍습 탓에 주민들의 기상도 활동적이고 진취적인 한편, 모든 면에서 악착같이 야비하게 생겨먹었기 때문에 그 결점이 물밀듯이 다가온다. 그러므로 도쿄 사람처럼 깔끔한 기질을 지닌 이들은 우메다(梅田)역에 내리고 얼마 지나지 않아서 금방 어디선가 덮쳐 오는 오사카 구린내로 인하여 대번에 맥을 못 추고 만다.

기질이 서로 다른 부분은 이치를 따져 본들 도무지 설명할 방도가 없지만, 오사카의 거북함을 이해하려면 다카라즈카 소녀 가극의 여배우 예명을 훑어보기만 해도 충분하다. 예컨대 가극단 스타들의 이름 가운데에 아마쓰 오토메(天津乙女), 구레나이 지즈루(紅千鶴), 구사부에 요시코(草笛美子) 같은 것들이 있다. 이렇게 이름을 붙이는 방식이야말로 오사카 취향이고, 도쿄 사람의 관점에서 오사카 사람이 어딘가 모자라게 느껴지는 부분이다. 여하튼 도쿄의 여배우 중에는 이런 촌티를 벗지 못한, 겐지나(源氏名),[79] 지요가미(千代紙),[80] 유소쿠 모요(有職模様)[81] 같은, 또는 그보다 더 이전의 신체시 같은[82] 천박하고 가벼운 예명을 지닌 이가 단 한 명이라도 있을 리 없다. 만약 도쿄에서 이런 이름을 지어 붙였다면 어떤 명배우라도 틀림없이 예명 때문에 얼마간 손해를 입을 터다. 나는 이 지역에 막 왔을 당시, 다카라즈카 팬인 중학생이나 청년 들이 저러한 이름을 떠들어 대며 찬양하는 모습을 보고 이상하게 여겼다. 저런 듣기 거북한 이름을 창피한 줄도 모르고 입에 잘도 올린다고 생각했다.

내가 방금 적은 이야기는 예명에 대한 비난이지, 그 이름의 주인인 여배우들의 기량에 대한 힐난은 물론 아니다. 그렇더라도 저 소녀 가극단에, 마침 위에서 언급한 그들 예명이 주는 느낌과 비슷한 거북함이 달라붙어 있음은 사실이다. 「몬 파리」[83] 등을 상연하기 시작하고부터 차츰 세련됨

---

79 일본에서 가장 오래된 문학 작품이라 일컬어지는 『겐지 이야기(源氏物語)』 각 권(卷)의 제목을 본떠서 붙인 궁녀의 이름으로, 이것이 기명(妓名)으로 쓰이기도 한다.

80 종이접기 놀이용 종이 제작이나 종이 인형의 의상, 공예품, 화장품 상자 장식 등에 쓰이는 무늬와 문양이 가득 들어간 종이를 말한다.

81 헤이안 시대 이후 여성들의 장신구나 세간살이에 주로 쓰인 무늬. 유소쿠 무늬.

82 [원주] 다카라즈카는 햐쿠닌잇슈(百人一首) 노래의 구절에서 이름을 가져온다고 한다. 그렇다면 이 밖에도 거슬리는 예명이 더 많으리라 여겨진다. 확실하지 않지만 오조라 히로미(大空ひろみ)라는 이름도 있었던 듯하다.

83 원제는 「몬 파리: 나의 파리여!(モン・パリ: 吾が巴里よ!)」이며 다카라즈카 소녀 가극단(현 다카라즈카 가극단)의 상연 목록 중 하나. 초연은 효고현(兵庫

을 더했고, 실제로 나도 새로운 레뷰[84]가 상연될 때마다 보러 갈 만큼 팬이 되어 버렸지만, 바라건대 여기서 조금만 더 세련미를 함양했으면 한다. 특히 요즘처럼 종종 도쿄에 진출하는 상황에서는 더욱더 그럴 필요가 있지 않겠는가. 나는 도쿄 쪽 사정은 잘 모르지만, 오사카의 쇼치쿠 악극부(松竹樂劇部)와 비교해 봤을 때 차라리 다카라즈카가 낫다. 미인도 많고 뛰어난 인재가 적잖이 모인 데다가 기예도 훨씬 출중하며, 의상이나 무대 장치 등에도 적잖은 돈을 들여서 휘황찬란 넋을 잃게 한다. 그런데도 분위기 면에서는 어쩐지 다카라즈카 쪽이 촌스럽다. 원래 이 지역에서는 남자 역할까지 여자가 맡도록 하는데, 이는 상당한 무리수라 하겠다. 아무래도 게이샤 발표회 같은 분위기, 미사키자(三崎座)[85] 같은 느낌이다. 그뿐만 아니라 간사이 여성은 새된 목소리를 지녔으므로, 대사가 많은 극이면 날카롭고 째진 소리밖에 들려오지 않아서 듣기가 심히 괴롭다. 설령 그것이 「몬 파리」나 「세뇨리타」 같은 레뷰일지라도 코믹 배우가 나와서 활약할 때는 연기가 능숙하면 능숙할수록 시끄럽고, 여배우들도 아무리 '소녀'라 불리지만 나이가 상당히 많기에 더욱더 미사키자 같은 느낌을 풍기는 것이다. 도쿄 사람이라면 관람할 때 식은땀을 흘릴 법한 순간이 더러 있지만,

---

県) 다카라즈카시(宝塚市)에 있는 다카라즈카 극장에서 1927년 9월 이루어졌다.

84 revue. 프랑스에서 기원한 연극 형식. 노래, 춤, 촌극, 모놀로그 등 다양한 오락거리가 포함된 극이다.

85 1981년 도쿄의 간다 미사키초(神田三崎町)에 문을 연 소극장.

오사카 사람들은 이런 부분에선 뻔뻔하다.

　본고장에서는 어떤지 잘 모르는 상황에서 풍문으로 전해 들은 이야기를 하기도 애매하지만, 레뷰는 시세(時勢)를 풍자하는 극이라는 의미에서 유래했다고 하니, 어느 정도 얼얼하게 매운맛이 나도 좋으리라. 초창기의 간논 극장(観音劇場)[86]이나 닛폰칸(日本館)[87]의 오페레타(operetta)는 굉장히 촌스럽고 유치하며 빈약했지만, 다소 속 시원한 면도 있었고 유소쿠 모요나 미사키자 같은 촌티는 전혀 풍기지 않았다. 다카라즈카에는 기시다 군[88] 같은 에도 토박이도 있다고 하니, 물론 앞서 언급한 결점을 내가 굳이 지적할 필요도 없이 벌써 알고 있었을 터다. 듣기로는 올봄 무렵부터 남녀가 함께 무대에 오르는 상연물을 끼워 넣는다는데, 그렇다면 재평가받게 될 날도 머지않았다. 어쨌든 그 너절하고 하느작거리는 거북한 느낌만큼은 내가 사랑하는 다카라즈카를 위해서 제발 바로잡아 주었으면 한다.

　너무 다카라즈카만 도마에 올려 공격하자니 딱하기는 하나, 이야기를 꺼낸 김에 조금 더 적고자 한다.

　다카라즈카 가극부에서는 그 호화찬란한 레뷰 무대에

86　도쿄 아사쿠사(浅草)에 위치했던 극장이자 영화관으로, 1917년 개업하여 1930년에 폐관하였다.

87　1883년부터 1990년까지 아사쿠사에 존재했던 극장이자 영화관으로 이 지역에서 처음으로 설립된 오페라 상설관이었다.

88　기시다 다쓰야(岸田辰彌, 1892~1944): 도쿄 긴자 출생이며 다카라즈카 극단의 연출가이자 오페라 가수로 「몬 파리」를 제작하였다.

출연하는 배우들을 가극 학교의 여학생이라 간주하고 결코 '여배우'라고는 부르지 않는다. 따라서 스타도, 하급 배우도 모두 동등하게 '학생'인 셈이다. 그래서 한큐(阪急) 전차를 타면 메이센(銘仙) 비단 옷에 올리브색 하카마(袴)[89]를 옷단 밑으로 다리가 두세 치 보일 만큼 깡똥하게 입고, 하얀 버선에 대개는 나막신을 신고(가끔은 짚신도 있지만 구두를 신은 이는 한 명도 없다.), 땋아 내린 머리 혹은 트레머리로 올려서, 젊은이는 열예닐곱, 나이 든 이는 서른 살 정도인데 여공인지 여학생인지 분간도 가지 않는, 그렇다고 해서 양갓집 규수라기에는 조금 수상한 여성들이 두셋 혹은 네다섯 명씩 모여 있는 모습을 종종 목격하게 된다. 그 노선 근처에 거주하는 이라면 누구나 아는 사실인데, 이것이 바로 가극단 학생들이 외출할 때 입는 제복으로 지금은 한큐 전차의 정경을 이루는 한 요소가 되었다. 그녀들의 촌스럽기 짝이 없는 복장을 보노라면 그 속에 균형 잡힌 사지와 몸통, 빼어난 각선미가 감추어져 있으리라고는 좀체 상상하기 어려울 정도인데, 그처럼 오사카의 특색을 짙게 드러내는 예도 없다. 생각하건대 다카라즈카에서는 그녀들을 가능한 한 소녀 가극의 학생답게, 가련하고 고상하며 청순하게 육성하기 위해 일부러 그토록 촌티 나는 옷을 입혔을 터다. 그래서 그녀들은 검소한 제복 덕분에 경쟁하듯이 의상에 사치할 필요가 없고, 비교적 대우가 좋기 때문에 다른 극단의 '여배우'들보다는 필시 품행이 방정하다. 하지만

---

89 주름 잡힌 치마의 일종으로 기모노 위에 입는다.

도쿄에서 이런 세련되지 못한 옷을 입힌다면, 첫째로는 인기에 나쁜 영향을 미칠 테고, 조금 건방진 스타라면 여간해서는 견디지 못하리라. 이런 데서 간사이 여성의 순수하고 온순하며 느긋한 성품이 잘 드러난다. 원래 그녀들은 레뷰의 댄서이자 가수이므로 아주 세련되고 시크(chic)해야 마땅하지만, 이는 무대에 올랐을 때의 옷맵시가 주는 느낌에 국한된 이야기고, 도리어 모던한 느낌을 완전히 결여한 살풍경한 제복이 어딘지 썩 잘 어울리는 듯한 느낌마저 든다.

그러고 보니 지금 문득 든 생각인데, 올리브색 하카마를 입은 그녀들의 얼굴은 대체로 히나 인형(雛人形)[90] 중에서 궁녀 인형의 얼굴과 비슷하다. 많은 학생들 가운데 클라라 보[91]처럼 발랄하고 둥근 얼굴도 없지는 않겠지만, 유독 콧날이 오똑하고 갸름한, 구니사다[92]가 그릴 법한 공주님 같은 얼굴이 대부분이다. 그 말인즉슨, 간사이에서는 지금도 그림으로 그린 듯한 고전적인 미인을 귀하게 여긴다는 이야기이며, 이 점을 뚜렷이 알 수 있는 증거를 보이라면 간사이 여성 스포츠계에서 제일가는 미인이라 불리는 테니스 선수 A양의 얼굴이다. A양과는 나도 일면식이 있는데 미인이라는 사실에는 이견이 없으며 공주님 같은 분위기가 그녀

<hr>

90   일본에서 여자아이의 행복과 무병장수를 기원하며 매년 3월 3일에 치르는 전통 행사인 히나마쓰리 때 제단에 진열하는 작은 인형들을 가리킨다.

91   Clara Bow(1905~1965): 1920년대를 대표하는 할리우드 배우 중 한 명으로 '잇걸(It Girl)'로 불리면서 색다른 성적 매력을 지닌 스타로 큰 인기를 끌었다.

92   우타가와 구니사다(歌川国貞, 1786~1865): 에도 시대의 유명한 우키요에 화가.

에게 잘 어울린다. 예나 지금이나 이쪽 지방에는 서양식, 옛날식을 막론하고 대체로 그런 미인이 많아서, 설령 그런 얼굴이 아니더라도 그렇게 보이게끔 꾸민다. 따라서 다카라즈카 학생들도 무대에 오를 때는 특히 콧날에 분을 희게 칠해서 조금이라도 더 오똑하게 보이려고 고심한다. 일본 배경의 이야기라면 그렇게 해도 무방하지만, 서양 작품인 레뷰 때에도 역시 그렇게 분장하기 때문에 마치 프랑스 인형의 몸통에 고대의 궁녀 머리를 끼운 듯한 모양새가 되어 버린다. 내가 스미노 사에코(住野さへ子)[93]를 특별히 아끼는 이유는 아름다운 몸매에 더하여 얼굴 윤곽에도 이색적인 매력이 있기 때문인데, 그 사에코조차 코에 분칠을 짙게 하는 버릇이 있어서 그 점만큼은 정말 좋아할 수가 없다. 간사이에도 얼굴이 동글납작한 미인이 있으므로 그런 얼굴형을 지닌 사람이라면 주저 말고 개성적인 아름다움을 발휘해 주었으면 한다.

친구인 나가노 소후[94]가 말하기를 교토 거리를 걷고 있으면 옛 에마키모노(絵巻物)[95] 속 서민의 얼굴을 빼닮은 인물을 자주 마주친다고 한다. 이 점만 보더라도 에마키모노

---

93 다카라즈카 소녀 가극단 단원으로 후쿠오카현(福岡県) 기타큐슈시(北九州市) 출신이며 '피치(peach)'라는 애칭으로 불렸다.

94 長野草風(1885~1949): 도쿄 출신의 화가로 주로 풍경화나 동물을 그린 그림에서 독자적인 화풍을 확립했다고 평가받는다.

95 일본의 회화 형식 중 하나로, 문학과 깊은 연관성을 지니며 발전하였다. 가로로 긴 두루마리 형태(巻物, 마키모노)이며 이야기와 관련 삽화가 같은 면에 실린다.

의 그림이 얼마나 충실한 스케치인지 알 수 있다는 이야기였다. 이는 소후 씨 같은 화가가 아닐지라도 조금만 주의해서 관찰하면 누구나 눈치챌 수 있다. 도쿄 사람도 교토 사람도 한 사람 한 사람 들여다보면 별반 다르지 않은 듯하지만, 간사이 지역에 와서 거리를 오가는 시민들의 풍채와 용모를 보면 도쿄에서는 절대로 찾아볼 수 없을 듯한 얼굴과 맞닥뜨린다. 만일 그들의 하오리[96]나 인버네스,[97] 신사복 정장을 벗겨서 에보시,[98] 가리기누[99]나 히타타레[100]를 입히고, 여자들에게는 이치메가사[101]를 쓰도록 하거나 옛날 귀부인이나 궁녀처럼 뒤로 묶어 늘어뜨린 머리 모양을 하게 한다면, 마치 반다이나곤[102]이나 잇펜 쇼닌 에마키[103] 속 거리 광경이 실제로 나타났다고 착각할 정도로, 그들의 풍모는 수백 년 전의 모습을 간직하고 있다. 교토와 비교하면 오사카는 그 정도까진 아니지만, 전자를 노(能) 가면이라 한다면 후자에게도

---

96 羽織. 기모노 위에 입는 짧은 겉옷.

97 inverness. 남자용 외투의 하나로 소매가 없고 망토가 달린 형태다.

98 烏帽子. 옛 무가(武家) 시대 조정에 출사했던 구게(公家)나 무사가 쓰던 모자로 위계에 따라 그 모양이나 칠을 달리하였다.

99 狩衣. 헤이안 시대 귀족들이 입던 평상복으로 원래는 사냥할 때 입는 옷이었다.

100 直垂. 옷자락을 하카마 안으로 넣어서 입는 옛날 예복의 한 종류.

101 市女笠. 헤이안 시대 상류 사회에서 쓰던 여성용 사초 삿갓으로 한가운데가 볼록 솟은 모양새다.

102 伴大納言. 헤이안 시대 차관직에 해당하는 다이나곤(大納言)은 고위 관직이며, 반다이나곤은 헤이안 초기에 이 관직을 지낸 도모노 요시오(伴善男, 811~868)라는 인물을 가리킨다.

103 一遍上人. 가마쿠라 시대의 승려로 이 시기 발흥한 정토교(淨土敎)의 한 종파인 지슈(時宗)를 창시한 잇펜 쇼닌(1234~1289)의 생애 등을 그린 에마키.

분라쿠[104] 인형 머리 수준의 고풍스러움은 있다. 교토 사람의 얼굴에 왕조 내지는 가마쿠라 시대의 향기가 남아 있다면, 오사카 사람의 얼굴에는 게이초·겐나[105] 또는 겐로쿠[106] 시대 무렵의 비(非)근대적 정취가 깃들어 있다.

그런 점이 원인인지 어떤지는 모르겠으나, 오사카 여성의 양장은 어쩐지 세련된 느낌이 부족하다. 요즘 신사이바시스지(心斎橋筋)나 우메다 부근을 걷고 있자면, 때때로 의상과 소지품에 조금도 빈틈이 없는 멋진 모던 걸을 보게 되는데, 이들 중 대부분은 도쿄에서 놀러 온 여행자인 듯싶다. 간사이에서 가장 세련된 구역이라 하면 한큐 노선의 슈쿠가와(夙川)역에서 미카게(御影)역에 이르는 지역으로, 이 근처에 사는 젊은 부인들이나 아가씨들은 양복을 보는 안목이 꽤 높고 취향도 앞서가며, 금전적으로 여유롭기 때문에 모피, 장갑, 핸드백의 취향에도 빈틈이 있을 리 없다. 그런데도 어딘가 말쑥하지가 않다. 물론 촌스럽거나 싼 티가 난다는 뜻은 아니다. 어디까지나 분명 기품이 있기는 한데 앞서 언급한 다카라즈카 소녀들과 마찬가지로 하느작하느작해서, 아무래도 공주 마마께서 서양 옷을 입으신 듯한 느낌을 완전히 지우지 못하겠다. 원래 일본 옷의 느낌으로는 간

---

104 분라쿠(文楽)는 조루리에 맞추어 공연하는 설화(說話) 인형극이며, 여기서는 오사카에 있었던 인형극 극장인 분라쿠자(文楽座)를 가리킨다.

105 게이초(慶長)와 겐나(元和)는 모두 일본의 연호로 게이초는 1596년부터 1615년까지, 겐나는 1615년부터 1624년까지의 기간을 가리킨다.

106 元禄. 에도 시대 중기 쇼군 도쿠가와 쓰나요시(德川綱吉, 1646~1709)가 집권했던 시기로 1688년부터 1704년까지의 시기다.

사이가 간토보다 더 화려해서 한신 지방 특유의 따뜻한 풍경, 짙고 푸른 하늘과 취록(翠綠)의 현란한 소나무 숲이 흰 모래에 반사되어 매우 조화롭기는 하지만, 일본 의상의 화려한 취향을 죄다 그대로[107] 크레이프 드 신[108] 드레스 따위에 적용하는 일은 약간 숙고해 봐야 한다. 그녀들 자신은 의도하지 않았을지도 모르지만, 간사이의 기후 풍토 탓에 자신도 모르게 그렇게 되어 버리고 만다. 어쨌든 나 같은 사람이 보자면, 한신 지역 여성의 양장에는 유젠 무늬[109] 후리소데[110]의 정취가 끝끝내 달라붙어 있다. 비할 데 없이 아름답고 눈부실 만큼 화려하지만, 너무나도 섬약한 나머지 지나치게 우아한 아름다움이 되어 버리니, 주름진 비단으로 된 긴 속옷을 입은 것과 다를 바 없고, 양복의 '에스프리(精神)'라고 할 수 있는 가장 심오한 뭔가를 빠뜨렸다는 생각을 지울 수 없다. 따라서 고베 언저리에 사는 서양인의 피를 물려받은 여성의 복장이야말로, 검소한 옷감으로 만든 감색 셔츠이긴 해도 역시 진정한 양장이라고 할 수 있다.

---

107 [원주] 서양 여성이 유소쿠 무늬 따위를 활용한다면 이국적인 분위기가 감돌 겠으나 일본, 특히 간사이 여성이 서양 옷에 일본 취향을 그대로 적용한다면 다소 문제가 있다. 만다린 코트(mandarin coat)나 해피 코트(happi coat), 검고 주름진 비단으로 만든 몬쓰키(紋附) 예복 등을 야회복 위에 맵시 있게 걸치는 능력은 서양인이어야 비로소 가능하다.

108 crêpe de Chine. 프랑스어로 '중국산 크레이프'라는 의미며, 화려하고 신축성 있는 천, 대부분 실크로 만들어 드레스나 블라우스, 속옷 등에 사용한다.

109 友禅. 곡선을 사용하여 풍경이나 초목, 꽃과 새 등의 무늬를 다채롭고 회화적으로 나타낸 무늬의 총칭이다.

110 振袖. 주로 미혼 여성이 예복으로 입었던 겨드랑이 밑부분을 꿰매지 않은 긴소매 옷.

이는 틀림없이 색조뿐만 아니라 그녀들의 골격이나 동작 같은 요소와도 깊은 관련이 있을 터다. 간토 쪽은 예로부터 야만적인 기풍이 있어서 여자라도 기운차고 활발한 쪽을 선호하기 때문에 이 점이 현대 말괄량이의 고집 센 성격과 비교적 쉽게 맞아떨어져서 행동거지나 표정도 아메리카식으로 동화될 여지가 큰데, 이와 반대로 간사이 쪽은 복장만 바꿨을 뿐 몸놀림엔 여전히 수백 년 묵은 다소곳함이 습관으로서 깊이 스며들어 있는 듯하다. 도쿄 번화가에서 여성이 양장한 모습을 절대로 볼 수 없었던 나의 유년 시절에 여름이면 젊은 여자들이 자주 소매를 걷어붙이고는 했는데, 나의 어머니도 유카타의 양쪽 소매를 어깨 위까지 걷어 올린 채 부채를 부치곤 하셨다. 이는 요시토시[111]의 니시키에[112]에도 나타나 있듯이 이삼십 대의 성숙한 여성이 하는 행동이다 보니 살집이 잘 붙은 두 팔의 흰 피부를 자랑하는 듯한 느낌마저 들었다. 어찌 보면 현대 여성이 여름 원피스를 입고 잘 발달한 근육미를 과시하는 것과 크게 다르지 않다. 이처럼 호기롭고 멋스러운 스타일은 다쓰미 게이샤[113] 등으로부터 기원하여 점차 보통 상인 집안의 부녀자들까지 흉내 내게 되었을 텐데, 아마도 교토와 오사카에서는 '고료닌상'이나

---

111 쓰키오카 요시토시(月岡芳年, 1839~1892): 막부 말기부터 메이지 전기에 걸쳐 활동한 우키요에 화가.

112 錦絵. 목판화의 일종으로 풍속화를 색채 인쇄한 것.

113 다쓰미 게이샤(辰巳芸者)란 에도 시대를 중심으로 현 도쿄의 고토구(江東区)에 해당하는 에도의 후카가와(深川) 지역에서 활약했던 게이샤를 가리킨다. 남장을 흉내 내어 연회석에서 하오리를 입는 경우가 많아서 하오리 게이샤라고도 불렸으며 기개와 의협심을 장점으로 내세운 것이 특징이다.

'이토한'[114]은 물론, 게이샤조차도 그런 여자답지 못한 모습을 취한 이는 없었으리라고 본다. 따라서 학창 시절부터 양복을 입고 자란 오늘날 오사카의 여성들도 가정에서 어머니나 언니들의 언행과 모습에 저도 모르게 전염되어서 양복을 입을 때조차 자연히 그런 버릇이 나오는 듯싶다. 원래 젊은 여성의 양장이란 옷 안쪽에 요염한 육체가 꽉 들어차 있는 느낌, 넉넉한 옷감이 가득하도록 울룩불룩한 느낌을 보여야만 한다. 이 느낌이 바로 최근 유행하는 '잇'[115]이라는 말에 들어맞는데, 간사이 상류층 여성에게는 그러한 느낌이 조금도 나지 않는다. 다리나 복사뼈는 정말이지 아름답고 다리도 늘씬하지만, 그 대신 허리부터 엉덩이에 이르는 선이 너무나 고상하고 가냘프고 허전한 데다 걸을 때마다 허리 관절이 비실비실해서 상체가 나긋나긋 잔잔한 파도를 일으키고 가슴은 앞쪽으로 헤엄쳐 나간다. 서양 여성이 걷는 뒷모습을 보면, 좌우 엉덩이가 교대로 들락날락하는 모양이 확실히 보이고 그 커다란 골반 위에 몸통이 단단히 올라타고 있는데, 간사이 여성들의 둔부에서는 스커트만 나풀거릴 뿐 살집은 거의 느껴지지 않는다. 이는 체격이 연약한 데다 종종걸음을 걷는 탓도 있으리라. 그럼에도 불구하고 그녀들은 어제는 금실 무늬 비단으로 지은 나들이옷에 펠트로 된 신을, 오늘은 프랑스 비단으로 만든 야회복에 높은 굽의

---

114 양쪽 모두 간사이 지역의 방언으로, 고료닌상(御料人さん)이란 상인 등 중류
     층 가정에서 젊은 아내를 높여 부르는 말이며, 이토한(いとはん)은 아가씨 또
     는 따님에 해당하는 말이다.

115 it. 여성의 성적 매력을 일컫는 속어.

무도화를 신고 매일 화장을 바꿔 가며 일본 옷을 입을 때와 서양 옷을 입을 때의 걸음걸이까지 구별해 가며 애를 쓴다고는 하는데, 팔자걸음을 하면서도 발뒤꿈치의 움직임이 미묘하게 연약한 척, 고상한 척을 해 대서 어딘지 느슨하고 일본스럽다. 요컨대 양장을 입은 그녀들의 자태가 한없이 고상하기는 하지만, 요란하고 경박해서 툭 치면 쓰러질 듯 여리고 무른 느낌만 풍긴다.

이와는 반대로 여학생들이 꾀죄죄하고 예절에 어긋나게 양복을 입은 모습을 보면 그저 놀랄 따름이다. 나는 요즘 도쿄 여학생들의 풍속은 잘 모르지만, 아무리 감색으로 칠갑한 제복을 입혀 놓아도 도쿄 여학생은 역시 어딘가 촌티 없이 세련된 모습이다. 오사카를 보자면 두셋 정도 특수한 여학교를 제외하고는 거의 시골 여학생과 조금도 다를 바 없다. 그녀들이 양복을 입은 모습은 가난한 연립 주택의 아낙네나 식모가 펑퍼짐한 여름 원피스를 입은 꼴과 마찬가지다. 편리함과 실용성만을 추구하여 단정한 차림새를 도외시하고 있는 듯 보인다. 학창 시절부터 멋을 부릴 필요까지는 없지만, 일찍이 자신을 가꾸는 법과 옷을 맵시 있게 차려입는 법에 주의를 기울이고 흐트러지지 않도록 노력해서, 구김이 진 양말 정도는 조심하며 고치도록 하면 어떨까. 최소한 다리미 사용법만이라도 학교 현장에서 가르쳐 줄 필요가 있다. 아무것도 모른 채 졸업하고 나서야 갑자기 멋들어진 양복을 입으려고 하니까 문제가 발생하는 것 아니겠는가.

나는 오사카 사람과 도쿄 사람의 기질 차이를 무엇보다 그들이 이야기할 때의 '목소리'에서 강하게 느낀다. 언어의 차이보다도 목소리 차이에서 동서가 서로 다르다는 사실이 명확히 드러난다. 앞으로 더욱더 빈번하게 교류하게 될테니 간사이 사투리와 도쿄 사투리의 차이는 차츰 사라지겠지만, 사람들의 목청에서 나오는 음성의 상이함은 아마도 두 지역의 공기나 지질, 온도 등과 관계가 있을지도 모르니쉬이 소멸하지는 않으리라.

　오랫동안 간사이에서 살아온 내가 가끔 도쿄로 올라가면, 도쿄 사람들의 바삭바삭 말라붙은 듯한 목소리에서 가장 먼저 '도쿄로구먼.' 하는 느낌을 받는다. 이렇게 말하는 나 자신의 목소리도 아마 도쿄식이겠지만, 내내 여기서 지내면서 오사카 사람들의 목소리에 익숙해진 귀에는 도쿄 사람들의 발음이 그 명물인 강바람처럼 거칠며 윤기가 없고, 몹시 살풍경하게 들린다. 남자는 그래도 시원시원하고 또렷한 맛이 있으나 여자가 그런 목소리를 내면 대단히 삭막한 울림을 두르게 되어 목소리의 주인까지도 살결이 거칠고 덜렁대는 사람이 아닐까 하는 착각을 불러일으킨다.

　간사이 사람들이 도쿄 배우 중, 특히 기쿠고로의 기예를 (무용을 제외하고) 이해하거나 친숙해지는 데에 어려움을 느끼는 주된 원인은 아무래도 그의 순수한 에도 스타일 발성법때문이 아닐까 한다. 도쿄에서 비교적 인기가 없는 소주로(澤村宗十郎)가 간사이에서는 각광받는데, 확실히 그의 목소리덕분이다. 그 우물거리면서 끈적끈적 달라붙는 듯한 목소리는 도쿄 사람에겐 사랑받지 못하지만, 간사이 사람에게는 불쾌하게 들리지 않음이 분명하다. 고시로(松本幸四郎), 기치에몬(中村吉右衛門), 엔노스케(市川猿之助) 등도 도쿄 출신인데,[116] 각기 발성법에 과장된 점이 있으며 사단지의 목소리도 선이 굵고 거칠게 깎는 듯한 특색을 지녔는데, 기쿠고로가 세와모노[117]의 대사 따위에서 쓰는 목소리는 완전히 시중의 에도 토박이가 일상에서 사용하는 목소리 그대로라서 잠깐 듣기에는 정말이지 무뚝뚝하고 귀에 잘 감기지 않는다. 우자에몬(市村羽左衛門)의 목소리도 상당히 퉁명스럽지만 그래도 기쿠고로 정도는 아니다. 그것은 기교가 없는 듯하면서 진짜 기쿠고로가 아니면 시도조차 할 수 없는 기교를 응축한 발성으로, 오사카 사람으로서는 그 맛을 이해할 수 없을 터다. 그런 목소리는 담백하고 냉담할 뿐이지만, 오사카 사람의 목소리는 왕왕 박력이 지나쳐서 도쿄 사람이 듣기에는 참을 수 없는 불쾌감을 치밀어 오르게 해서 속을 뒤집어 놓는다. 언젠가 쓰보우치 선생님[118]이 어떤 잡

---

116 [원주] 여기서 고시로를 도쿄 사람이라고 소개한 것은 실수였다. 최근의 신문 기사에 따르면 그는 이세(伊勢) 출신이라고 한다. 기치에몬의 아버지 가로쿠(中村歌六)는 간사이, 사단지의 선대는 나고야(名古屋) 출신이지 않았을까 한다. 엔노스케의 아버지 단시로(市川段四郎)의 출생지는 잘 모르겠으나 6대 기쿠고로만은 부모님 세대부터 도쿄 사람이었다고 기억한다.

117 世話物. 가부키 혹은 인형 조루리(人形浄瑠璃)에서 에도 시대의 서민 생활을 소재로 한 작품을 가리키는 말이다. 서민의 일상과 동떨어진 먼 과거의 이야기나 귀족 사회에서 일어난 사건들을 다루면 지다이모노(時代物)라고 칭한다. 세와모노는 지다이모노에 비하여 양식성이 덜하고 사실적인 요소를 중시한다.

118 쓰보우치 쇼요(坪内逍遥, 1859~1935): 주로 메이지 시대에 활약한 소설가, 평론가, 번역가, 극작가. 문예 평론 「소설신수(小説神髄)」를 발표하여 사실주

지에 쓰신 소가노야 고로[119]의 예풍(藝風)을 비판하는 글을 읽은 적이 있다. 나 또한 선생님의 논지에 깊이 동감하였는데, 고로의 연기가 도쿄 사람에게 억척스럽게 느껴지는 까닭의 절반 이상이 그의 (좋지 않은 의미에서) 뒷심 있는, 탁하고 갈라진 데다가 굵고 질질 끄는, 영화 변사나 나니와부시[120] 창자(唱者)를 연상시키는 목소리에 있다. 시험 삼아 그 목소리를 신파 배우 기타무라[121]의 발성과 비교해 보면 좋다. 후자는 맑고 선명하며 쩌렁쩌렁 투명한데, 반대로 전자는 웩웩거리는 야비한 음색이 있어서 듣고 있자면 땅을 울릴 듯 으르렁대는 소리가 끊임없이 귓속 깊은 곳까지 파고들어 쿵쿵 울린다. 고로가 고(故) 소가노야 주로[122]와 함께 한바탕 공연했던 시대에는 주로의 목소리가 비교적 산뜻해서 대사 표현이 경쾌하고 소탈했다. 그 때문에 고로의 억척스러움이 한층 더 두드러져서 실로 불쾌한 배우라고 여겼다. 그 밖에 라쿠고의 하루단지[123] 등도 이런 울림이 있는 목소리를

의 문학 사조를 제창하는 등 일본 근대 문학의 선구자로 불린다. 1891년 문예지 《와세다 문학(早稻田文学)》을 창간하였고, 셰익스피어 연구와 작품 번역에 힘썼다. 또 문예 협회를 이끌며 연극 개량 운동에도 앞장섰다.

119 曾我廼家五郎(1877~1948): 오사카 출신의 희극 배우, 작가.

120 로교쿠(浪曲)라 부르기도 하며 샤미센 반주로 가락을 붙여서 부르는 창의 일종이다.

121 초대(初代) 기타무라 로쿠로(喜多村緑郎, 1871~1961)는 메이지부터 쇼와 시대에 걸쳐 활약한 신파극의 온나가타 배우다.

122 曾我廼家十郎(1869~1925): 희극 배우이자 극작가로, 소가노야 고로와 함께 오사카를 대표하는 희극 작품이자, 희극의 원조라고도 불리는 '소가노야 희극'을 창시하였다.

123 주로 오사카와 교토를 중심으로 상연되는 가미가타 라쿠고(上方落語)의 명

낸다. 분라쿠의 다유[124] 같은 이들도 역시 그 목소리를 미화하는 기법을 알고 있어서 듣기에 그다지 거북스럽지는 않지만, 여하튼 대개의 오사카 사람들은 모두 그런 목소리를 지니고 있다. 평소 말할 때는 각인각색이지만 토론이나 싸움을 할 경우에 힘주어 말하면 신기하게도 전부 그런 목소리를 낸다. 피부가 창백하고 나이가 어린 예쁘장한 남자들 중, 평상시에는 여자처럼 가는 목소리로 말하는 사람조차 도대체 무슨 바람이 불어서 그런 험한 목소리를 내는지, 듣다가 제법 놀란 적이 있다. 사실 남자뿐만 아니라 여자도 그런 소리를 낸다. 나는 종종 묘령 무렵 여성의 고상하고 아름다운 목에서 튀어나오는 굵은 목소리에 깜짝 놀라고는 했다.

그러고 보니 오사카에는 후토자오[125]를 하는 게이샤처럼 본래 제 목소리가 굵은 사람이 드물지 않다. 얼굴을 보고 있자면 은쟁반에 옥구슬 굴러갈 듯 교태 섞인 아름다운 목소리의 주인이리라 여겨지는 미인이, 막상 거위 같은 목소리를 내어서 어쩐지 그녀가 매우 가엾게 여겨졌다. 실제로나는 이런 여성을 두세 명 알고 있다. 찾아보면 도쿄에도 없지는 않겠지만 잘 생각나지 않는 것을 보면 틀림없이 굉장히 드문 모양이다.

그리고 '혀끝을 마는 말투'라고 하여, 이를 도쿄 방언의 특징처럼 여기는 듯하지만 실은 그렇지 않다. 그런 말투

문 라쿠고가(家) 출신의 가쓰라 하루단지(桂春団治)를 가리킨다.

124 분라쿠 공연 중 이야기의 화자 역할을 담당하는 기예인.

125 太棹. 자루가 굵은 샤미센으로 반주하는 조루리의 한 유파인 기다유부시(義太夫節)의 다른 말.

를 쓰는 교토 사람을 본 적이 없다. 그러나 오사카 사람은 잘 쓴다. 또 도쿄의 베란메(べらんめえ)[126]라는 말투는 힘찬 것치고는 독기가 없는 데 비해, 오사카 사람이 "확 마 어데 함 가 보까?"라는 따위의 말을 내뱉을 때 쓰는 '혀끝을 마는 말투'는 이상하게도 그 목소리가 땅을 기는 뱀처럼 휘감겨 온다. 나 같은 사람에게는 이런 말투가 훨씬 무섭게 들린다.

앞에서 오사카 사람 목소리의 결점만 다루었는데, 물론 장점도 많다. 나는 대체로 도쿄 사람보다 오사카 사람의 목소리가 더 아름답다고 느낀다. 공평하게 따져서 남자는 비등비등하다고 해도, 여자는 오사카 쪽의 손을 들어주겠다.

물론 거위 같은 목소리나 나니와부시풍의 굵은 목소리는 곤란한데, 그럼에도 불구하고 열 명 중 일곱 명 정도는 아름다운 목소리의 소유자다. 나는 극장에서 배우의 대사를 들을 때 말고는 일본어 발음의 아름다움에 주의를 기울여 본 적이 없었는데, 오사카에 와서 여성들의 목소리를 듣고서부터 그 아름다움에 새삼 놀랐다. 교토 여성의 말씨가 곱다는 사실은 익히 잘 알려져 있지만, 교토보다 오사카가 훨씬 좋다. 교토 사람의 발음은 도쿄에 비하면 윤기가 있지만 오사카만큼 끈적이지는 않는다. 따라서 예의 걸걸한 목소리를 낼 때처럼 거북한 느낌이 없는 대신에 매력도 모자란다.

---

126 도쿄의 소상공업자들이 주로 쓰는 억양으로, 혀끝을 마는 느낌으로 활기차게 발음하는 점이 특징이다.

개인적으로 가장 아름다운 여자 목소리는 오사카부터 반슈 (播州)[127] 부근에 이르는 지역에서 들을 수 있다. 그보다 서쪽이나 남쪽으로 가면 또 이상한 사투리나 탁음이 들어가서 지저분해진다. 최근 십 년간 오사카부터 규슈에 이르는 지방의 아가씨들 여러 명이 우리 집 살림을 도와주었는데, 그녀들의 목소리를 들어 온 경험을 바탕으로 나는 이렇게 판단하였다. 한 가지 일화가 떠오른다. 예전 오카모토 집에 셋슈(摂州)[128] 이마즈(今津) 출신의 여자와 도쿄 근교의 어느 현 출신 여자가 가사 도우미로 있었는데, 둘을 함께 놓고 보면 간토 여성 목소리의 헐렁함과 무미건조함이 이상하게 귀를 파고들어서 듣기 괴로웠을 뿐 아니라 결국에는 아무런 죄도 없는 그 여자까지 멀리하게 되었다.

동서 여성들의 목소리 차이를 설명할 때에는 샤미센의 음색을 예로 들면 가장 좋다.[129] 나는 나가우타(長唄)[130]의 샤미센 같은 깨끗한 음색의 악기가 도쿄에서 발달한 까닭은 실로 우연이 아니라고 생각한다. 도쿄 여성의 목소리는 좋든 나쁘든 바로 그 속요의 샤미센 음색이며 또 샤미센과 조화를 잘 이룬다. 예쁘다면 예쁜데 폭이나 두께가 없으며 온

---

127 하리마(播磨)라고도 부르며 메이지 시대 이전에 쓰던 명칭으로, 현재 효고현의 왼쪽 아래 지역을 가리킨다.

128 현재 오사카 북중부와 효고현 남동부에 해당하는 지역.

129 [원주] 내가 아는 어떤 서양인은 일본인의 목소리에는 색채가 없다고 언급한 적이 있다. 그러나 이 같은 비난은 간토 사람의 목소리에만 해당하며 간사이 사람, 오사카에서 주고쿠(中国, 일본 혼슈 서부에 위치한 지역.— 옮긴이)에 이르는 지역의 사람들, 그중에서도 여성들의 목소리에는 훌륭한 색채가 있다.

130 에도 시대에 유행한 긴 속요.

화함이 부족하고 무엇보다도 끈적임이 없다. 따라서 대화도 정밀하고 명료하며 문법적으로 정확하지만, 여운이나 함축적인 맛이 없다. 오사카 쪽은 조루리 내지는 지우타(地唄)[131]에서 연주하는 샤미센 같아서, 아무리 새된 소리가 되어도 그 목소리 안쪽에 반드시 촉촉함과 윤기, 따스한 정취가 있다. 서양 악기에 비유하자면 도쿄는 만돌린, 심한 경우 다이쇼고토[132]고, 오사카는 기타다. 좌담 상대로는 도쿄 여성이 재미있고, 베갯머리 대화 상대로는 오사카 여성이 분위기 있다는 말이 있다. 즉 성적 흥미와는 관계없이 남자를 상대하듯 설전을 벌일 경우에는 도쿄 여성이 대담하고 노골적이며 무자비하게 비꼬거나 말꼬리를 잡기 때문에 대적할 맛이 나지만, '여자'로서 볼 때는 오사카 쪽이 색기가 있어서 매혹적이다. 다시 말해 나에게 도쿄 여자는 여자로 느껴지지 않는다.

그러나 이는 오사카 여성이 음탕하다거나 야비하다는 의미가 아니다. 도쿄 쪽이 더 노골적이고 말괄량이에 왈가닥인 만큼 어쩐지 천방지축이라 도리어 품위가 없다. 지금도 교토 분위기가 남아 있는 야마노테(山の手) 부근의 도조화족(堂上華族) 계급은 모르겠으나, 소위 상류 사회에서도 요즘은 일부러 평민들의 말을 흉내 내어 쓰기 때문에 점점 더 우아함이나 고상함이 사라져 가고 있다. 이야기가 '목

---

131 교토와 오사카 지역의 샤미센 가곡.
132 大正琴. 다이쇼 초기에 발명된 현악기로 두 가닥의 쇠줄과 건반을 갖춘 간단한 형태의 악기.

소리'에서 '말'의 문제로 벗어났지만 내친김에 말하자면, 나는 도쿄의 그 '―십시오 말투'가 특히 싫다. '―십시오'도 적당히 쓰면 괜찮지만, 동사 하나마다 '―십시오'를 붙이는 그 에두르는 말투를 빠른 어조로 급하게 줄줄 지껄이는 경지에 이르면 참 가당치도 않다. 그토록 어마어마하게 부자연스러울 만큼 고상한 척을 하지만, 실은 그보다 고상함으로부터 멀어지는 행동도 없으리라. 그에 비하면 오사카의 센바코토바[133]나 기온[134]의 화류계 말투가 훨씬 운치 있고 울림이 좋다. 아마도 옛날에는 '―십시오 말투'도 그렇게 거북하고 위선적이지는 않았을 텐데 이토록 타락한 데에는 교육가들의 잘못이 있지 않을까. 오사카에서 흡족한 일은 어떤 상류 계급에게서도 '―십시오 말투'를 거의 들을 수 없다는 점이다. 가끔 쓰는 이가 있다면 도쿄에서 이주해 온 사람이거나 도쿄풍에 심취한 학교 선생 정도다.

간사이 여성 목소리의 장점은 금가(琴歌)를 부르게 해보면 잘 알 수 있다. 나는 도쿄에 있던 시절, 금가만큼 단조롭고 무미건조한 것도 없다고 생각했는데, 그 원인 중 하나가 도쿄 여자의 목소리다. 도도이쓰[135]나 하우타[136]에나 어울릴 법한 목소리로 고전적인 악기 음색에 맞추기 때문에 그 합은 두말할 나위도 없이 형편없다. 그 노래를 오사카 여성이 부르면 단조로운 가운데에서도 현의 음색과 육성의 가

133 船場言葉. 옛날 오사카시 센바(船場) 부근에서 많이 사용되었던 말투.

134 祇園. 교토시 히가시야마구(東山区)에 위치한 대표적인 번화가이자 환락가.

135 都々逸. 속요의 일종.

136 端唄. 샤미센 반주에 맞춰 부르는 짧은 속요.

락이 미묘하게 조화를 이루어, 아련하면서도 어딘가에서 은은하게 풍겨 오는 향 내음을 맡는 듯한 정취가 물씬 느껴진다. 특히 목소리가 아름다운 사람이 부를 때 듣고 있자면, 과연 옛날 양가의 규수는 옥으로 장식된 아름다운 발 안쪽에 틀어박혀서 저런 목소리로 노래했으리라는 생각을 거둘 수 없다. 이를테면 예복을 덧입은 지체 높은 부인의 고귀한 모습이 눈에 선하게 떠오른다. 목소리의 성질로 보자면 역시 오사카 여성의 몸속에는 전통문화의 피가 짙게 흐르고 있다.

내 이야기를 하기는 쑥스럽지만 원래 나는 젊은 시절부터 목소리에 자신이 있어서 귀동냥으로 하우타나 나가우타를 읊었고, 운 좋게도 연회에서 상당히 인기가 있는 편이었는데, 근래 지우타를 배워 보니 아무래도 목소리가 생각대로 나오지를 않는다. 높은음에 가면 목이 쉬어 버리고 낮은음에 가면 이상하게 힘을 준 소리가 된다. 아마도 나이 탓이려니 생각했는데 에도우타[137]를 부르면 지금도 예전처럼 자유롭게 목소리를 쓸 수 있다. 그래서 에도우타와 간사이 지방 노래는 목소리가 나오는 곳부터 다르다는 점을 통감하였다. 야스기부시(安来節)라든지 구시모토부시(串本節)라든지 그런 대수롭지 않은 민요라도 간사이 지방 노래를 도쿄 사람이 부르면 가락은 정확해도 오차즈케[138]를 입에 그러

---

137 江戸唄. 에도에서 유행했던 샤미센 반주에 맞춰 부르는 가곡을 가리키는데 본문 중 다니자키가 언급한 나가우타나 하우타 등이 여기에 해당한다.
138 お茶漬け. 녹차에 말아 먹는 밥.

넣듯이 술술 흘러가 버려서 정취가 부족하다. 혀가 꼬부라질 듯이 끈적끈적한 간사이풍 목소리가 아니면 그런 노래들은 아무리 애써도 잘 안된다. 오사카의 게이샤가 부르는 에도 조루리(江戸浄瑠璃)나 우타자와(歌沢) 등 또한 마찬가지로, 가락이 틀리지는 않았기 때문에 결점을 딱 꼬집어 낼 수는 없지만, 발음이 불분명하고 파고드는 힘이 불충분하다는 점 등 어쩐지 도쿄의 느낌이 나질 않는다. 도쿄 사람이면서 쓰다유[139]의 뒤를 좇으려 하는 고쓰보다유[140]는 그중 유일한 예외지만[141] 그 또한 들을 줄 아는 사람이 들으면 어딘가 부족한 점이 눈에 띌지도 모른다. 가령 꼭두각시놀이 극단의 최고까지는 올라갈 수 있더라도 셋쓰나 고시지[142]와 같은 위대한 명인의 경지에는 이르기 어려울 터다.

다름 아니라 내가 이런 이야기를 하는 까닭은 근래 도쿄의 가곡이 간사이를 풍미한 탓인지 이쿠타(生田) 유파의 거문고 곡이나 지우타 등 이 고장의 예술을 배우려는 자가 줄어들고 있기 때문이다. 내가 사는 곳 근처에서도 나가우

---

139 다케모토 쓰다유(竹本津大夫, 1792~1855): 기다유부시 배우.

140 도요타케 고쓰보다유(豊竹古靭太夫, 1827~1878): 기다유부시 배우.

141 [원주] 고쓰보다유와는 반대로 오사카 사람이면서 도토 극단(東都劇壇)의 명배우가 된 사람으로 오노에 마쓰스케(尾上松助)가 있다. 그의 특기는 순수 에도식의 기제와모노(生世話物)로 오사카 사람의 면모라고는 전혀 찾아볼 수 없었지만 그럼에도 그 음성에 어딘가 오사카 사람스러운 끈적임이 있었던 듯 싶다면 나 혼자만의 편견일까. 그러고 보니 그의 예술에도 간사이식의 꿋꿋함이 있었던 것 같다.

142 각각 다케모토 셋쓰다이조(竹本摂津大掾), 다케모토 고시지다유(竹本越路大夫)를 가리키며 모두 기다유부시 배우다.

타나 기요모토(淸元) 샤미센 소리는 여기저기서 들려오는데, 거문고나 후토자오 소리를 듣는 일은 거의 없다. 나가우타는 목소리를 내는 방법에 꾸밈이 없기 때문에 그나마 괜찮지만 요즘은 또 고우타[143]가 유행하기 시작해서 문제다. 고우타는 에도우타 중에서도 특히 도쿄의 특색이 짙기 때문에 가장 말초적이고 퇴폐적인 느낌의 노래다. 이런 가곡은 사실 도쿄 사람이라 해도 일반인을 대상으로 하지는 않는데, 나가우타를 와카[144]라 하면 고우타는 하이쿠[145]인 격이다. 오사카 사람이 이 노래를 솜씨 좋게 소화해 내거나 그 정취를 충분히 음미할 수 있을 리가 없다. 무용에도 간사이의 야마무라(山村)나 이노우에(井上) 유파의 '마이(舞い)'가 쇠퇴하고 간토의 후지마(藤間)나 하나야기(花柳)의 '오도리(踊り)'에 압도되어 가는 상황은 심히 한탄스럽다. 굳이 향토 예술이니 뭐니 성가신 문제를 꺼낼 필요도 없이, 간사이 사람과 간토 사람은 생리적, 체질적으로 극복할 수 없는 차이가 있음을 고려해 주기를, 특히 오사카 분들이라면 한번 생각해 보시기를 부탁드리는 바다.

예전에 다케바야시 무소안[146]이 오랜만에 프랑스에서

---

143 小唄. 에도 시대에 유행한 속요의 총칭.

144 和歌. 일본에서 가장 오래된 시가의 한 형태로 5구(句) 31음(音)으로 이루어진 단시.

145 俳句. 3구 17음으로 이루어진 일본 전통 시의 한 형태.

146 武林無想庵(1880~1962): 소설가이자 번역가. 1920년에 유럽을 처음 다녀온 뒤로 약 다섯 차례에 걸쳐 십칠 년간 유럽에서 생활하였다.

돌아왔을 때, "파리인의 생활에는 하나의 정해진 정식(定式)이 있지만 도쿄 시민에게는 그것이 없으니 참으로 엉망이다."라고 말한 바 있다. 과연 그 말을 듣고 보니 내가 소년이었던 시절까지는 도쿄 사람의 생활에도 어떤 정식이 있었으나 지금은 거의 다 사라졌다고 해도 과언이 아니다.

생활의 정식이란 한 가정, 한 사회에서 오랜 시간 동안 저절로 만들어진 일정한 관습, 연중행사다. 정월에는 문 앞에 소나무를 장식하고, 3월에는 히나마쓰리를 지내며, 5월에는 잉어 깃발을 세우고,[147] 춘분과 추분 전후로는 일가친척끼리 하기노모치[148]를 주고받는 일 등을 말한다. 가정을 예로 들어 설명하자면 아침에 일어나는 시간, 밤에 자는 시간, 아침저녁으로 조상 위패에 예를 올리는 시간, 삼시 세끼 식사 시간과 식사할 때 가족들이 자리에 앉는 순서부터 계절 변화에 따라 밥상에 오르는 생선이나 채소 종류에 이르기까지 매년 때가 되면 정해진 바를 반복한다. 그 밖에 길흉사의 의복, 인사말의 법도, 제례를 위한 방 장식, 병풍, 양탄자, 장막 등은 물론이고, 도쿄라면 봄은 무코지마(向島)나 아스카산(飛鳥山), 가을에는 단고자카(団子坂) 언덕이나 다키노가와(滝野川)라는 식으로 꽃놀이, 국화 구경, 단풍놀이

---

147 일본에서는 여자아이들의 건강과 행복을 기원하는 히나마쓰리처럼 매년 5월 5일에 남자아이들의 무사 성장을 기원하는데, 이때 잉어 모양으로 만든 깃발을 대나무 장대 위에 걸어 깃발처럼 높이 세우는 풍습이 있다. 일본어 명칭은 '고이노보리(鯉幟)'이다.

148 萩の餅. 오하기(おはぎ)라고도 부르며 찹쌀과 멥쌀을 섞어 빚어서 표면에 고물을 묻힌 떡이다.

등의 나들이까지도 집마다 매년 가는 곳이 정해져 있기 마련이며, 단고자카에서 돌아오는 길에는 우에노(上野)의 '마쓰겐(松源)', 무코지마에서 돌아오는 길에는 나카미세(仲店)의 '만바이(万梅)'처럼 귀갓길에 저녁을 먹을 식당까지도 판에 박힌 듯이 정해져 있었다. 그럴 때 아버지나 어머니가 입는 나들이옷도 항상 같기 때문에 그 옷을 보고 잔향을 맡기만 해도 그리운 행락(行樂)의 추억이 선명하게 떠오른다. 아마 파리의 시민들도, 외국에서 온 손님은 별도로 치더라도, 몇십 년이고 그곳에서 살아온 사람들은 인색하고 근면하며 얌전해서 옷을 새로 맞추는 일 따위도 좀처럼 없을 테니, 모자, 외투, 장갑도 끝장을 볼 때까지 계절의 변천에 따라 같은 것을 꺼내어 입고, 매일 통근이나 산책하는 길, 들르는 카페나 레스토랑 등도 전부 정해져 있을 터다.

　　나는 이러한 생활의 정식이 좋다거나 나쁘다고 지적할 생각은 없다. 오늘날의 신세대들은 이런 것들에 대하여 메이지 시대의 부르주아 취향이라며 반감을 품으리라 여겨진다. 하지만 어쨌든 지금의 도쿄에서는 이 같은 정식들이 사라져 가고 있다. 남아 있다고 해 봤자 정월의 소나무 장식 정도로, 분명 히나마쓰리 행사마저도 지내지 않는 가정이 많을 터다. 한편 간토가 간사이에 비해서 문화가 젊고 커다란 지진이 자주 닥친다는 지역적 특성 탓에, 일정한 관습이 제대로 뿌리내릴 틈조차 없었음도 사실이다. 하지만 생활의 정식이라고 해서 딱히 메이지 시대의 부르주아 취향이라고는 할 수 없다. 종래의 관습이 싫다면 새로운 정법(定法)

을 만들 수도 있다.[149] 본디 도쿄 사람은 외국에서 유입된 사조나 유행에 오사카 사람보다 민감하기 때문에 서양의 관습을 받아들이는 분야도 있다. 그런데 그 또한 가정마다 달라서 어떤 이는 프랑스식이고 어떤 이는 미국식인 데다가 아주 잠깐의 일시적인 변덕이기 때문에 길게 지속하지 못해서 계속 이것저것 바꾸어 쓰고, 이로 인해 사회 전체에 걸친 하나의 규범이 성립하지 않을 뿐만 아니라 도리어 점점 더 난잡해져서 저마다 제멋대로 굴고 있다. 크리스마스 행사만 해도 그렇다. 기독교 신자도 아닌 이가 그런 날을 기념하다니 우습다는 주장은 일단 제쳐 두자. 나는 이 또한 일반적인 관습이 된다면 그 나름대로 정취가 있으리라 생각하지만, 과연 언제까지 지속되고 어디까지 퍼져 갈지는 의심스럽다. 복장을 봐도 도쿄 사람은 상당히 뒤죽박죽이다. 예전에는 문학청년이나 배우들 사이에서 루바시카[150]가 유행한 적이 있고, 그 뒤로는 중국옷을 입고 다니는 이들이 많았는데, 또 요즘은 그것들도 자취를 감추었다.

그런데 간사이에서는 바로 이 생활의 정식이 지금도 얼추 보존되고 있다. 교토나 오사카의 구시가지는 말할 나위도 없으며, 붉은 기와 주택이 많은 한신 지역에서도 그 언저리에 사는 사람들의 생활은 건물의 외관처럼 유행을 좇지 않는다. 그도 그럴 것이 그 부근의 사람들은 옛날에 센바

---

149 [원주] 메이데이(May Day) 같은 것을 신시대의 행사라고 하면 좀 거북할 수 있는데, 그렇게 투쟁적이지 않더라도 다양한 계급의 시민이 평소 느끼던 반감을 잊고 평화를 즐길 수 있는 행사가 있다면 좋겠다.

150 rubashka. 블라우스처럼 생긴 러시아의 남성용 겉저고리.

나 시마노우치(島之內) 같은 구시가지의 가장 번화한 곳에서 살다가 옮겨 왔거나 아니면 토박이인 재산가나 부농 등이 대부분이기 때문에, 근대식 저택에서 살면서 그에 걸맞은 생활 방식을 영위하더라도 오래된 집안다운 관습을 지금도 버리지 않고 있다. 대단한 예는 아니지만, 편지를 주고받을 때에도 가문의 문장이 찍힌 문서함에 넣어서 하인에게 들려 보내는 등의 일이 한신 선로 부근의 가정에서는 지금도 예사로 이루어지고 있다. 이는 완고한 노인만이 하는 처사가 아니라, 댄스홀에 출입하는 젊은 부인이나 아가씨들도 곧잘 하는 일이다. 설령 내용물이 만년필로 쓰고 향료가 든 편지 봉투에 넣은 편지뿐일지라도, 그것을 담을 때만큼은 마키에[151]가 그려진 칠기 상자에 넣어서 들려 보낸다. 나 같은 사람도 그런 편지를 종종 받는다. 그 밖에 오봉절[152]이나 정월의 증답(贈答), 집안 고용인들에게 하례하는 일 등도 꼬박꼬박 챙긴다. 일찍이 내 딸이 소학교 선생님 댁에 무언가 축하 선물을 가져갔더니 그 선생님이 딸에게 30전의 답례금을 준 일이 있었다. 도쿄였다면 '무례하다.'라는 말을 듣겠지만, 간사이에서는 설령 얼마 되지 않더라도 심부름 온 사람에게 답례금을 주어야 정식에 맞다고 한다. 그리고 답례금을 심부름 온 사람의 손에 직접 건네지 않고, 50전이든 1엔이든 축의금 봉투에 넣어서 답장이나 문서함에 담은 뒤

151 蔣絵. 금이나 은가루로 칠기 표면에 무늬를 넣는 일본 특유의 공예 기법.
152 우리의 추석과 유사한 일본의 가장 큰 명절 중 하나로, 매년 양력 8월 15일을 중심으로 며칠 동안 이어진다.

에 일단 상대편 주인에게 보내어 그 주인이 직접 심부름한 고용인에게 전달하도록 하는 등, 그 절차에 상당히 공을 들인다.

원래 오사카는 상인의 도시이므로 무사 계급처럼 번거로운 예의가 발달하지 않았을 듯싶지만 사실 그렇지도 않다. 상인이면서 다이묘[153]에게 대적할 만한 기개와 실력을 지녔던 대상(大商)들은 역시 다이묘와 마찬가지로 위엄과 예법을 갖추고 주종의 구분을 명백히 하여, 본가니 분가(分家)니 하는 관계가 대단히 까다로웠다. 그래서 지금도 집안의 '격식'을 중시하는 풍습이 남아 있고, 그것이 관혼상제 때마다 일일이 영향을 준다. 오사카의 유서 깊은 상점에서는 지배인이 몇 년간 맡아 온 임무를 마치면 주인이 노렌(暖簾)을 나누어 주고 지점을 내도록 한다.[154] 그러면 지점은 주인 가게에 대하여 분가 위치에 놓이고 주인 가게는 대대로 그 지점의 뒤를 봐주며 혼례 비용 등까지도 부담하는 일이 있었다고 한다. 이러한 관습 또한 근대적 상업 조직이 발달함에 따라 틀림없이 차츰 사라져 가겠지만, 현재 오사카에는 개인이 경영하는 견실한 노포가 도쿄보다 더 많은 듯

---

153 大名. 넓은 영지를 가진 무사를 가리키는 말.

154 노렌이란 본디 상점이나 식당 등의 입구에 드리워진 천으로, 보통 가게 이름 또는 가문(家紋)이 그려져 있다. 노렌을 늘어뜨린 상태는 '영업 중'이라는 의미며 반대로 영업이 끝나면 노렌을 가게 안으로 거둬들인다. 이 같은 문화가 굳어져 노렌은 점차 가게 또는 기업의 역사와 실적, 격식, 고객들과의 신용을 상징하게 되었다. 또 본문에서 다룬 내용처럼 종업원이나 가족 구성원 중 한 명이 같은 이름의 가게를 내면, 이를 '노렌을 나눈다.'라는 의미에서 '노렌와케(暖簾分け)'라고 한다.

하므로 실제로는 아직 그런 관습이 상당 부분 남아 있으리라. 내가 아는 어떤 뼈대 있는 가문에는 그 집안을 본가로 섬기는 분가가 스무 채나 있다고 한다. 그리고 정월 초하루에는 그 스무 채의 분가들이 본가에 모여서 넓은 방에 죽 늘어앉는다. 그때 본가의 주인은 상석에 앉아 새해의 축하 인사를 받고 순서대로 그들에게 잔을 돌린다. 또 정월 대보름에는 본가와 분가의 안주인들 사이에서 같은 의식이 행해진다. 그때 분가의 안주인들은 본가의 부인께 받은 구로나나코[155]로 지은 몬쓰키 예복에 검은 공단으로 된 띠를 둘러맨다. 최근 그 본가가 시내에서 한신 지역으로 옮겨 갔는데, 그래도 작년까지는 매년 같은 행사를 반복했다. 어디선가 들은 바에 따르면 저런 부분에서 가장 보수적인 집안은 후지타 남작[156] 가문이라고 한다. 확실하지는 않지만 남작가에서 일하는 시녀들은 아주 최근까지 옛날식으로 머리를 묶고 옷자락이 질질 끌리는 복장을 갖추어 입었다고 들었다.

한신 지역에서 흥미로운 점은, 옛날 오사카의 연장으로서 그런 상인 가문의 관습이 행해지는 한편으로, 그 부근

---

155 黑七子. 무늬 없이 짠 검은 비단.
156 실업가인 후지타 덴자부로(藤田傳三郞, 1841~1912)를 가리킨다. 후지타는 메이지 시대 오사카 재계에서 중요한 위치에 있었으며 한신 지역 일대의 성장에 일조한 재벌 기업 중 하나인 후지타 재벌(藤田財閥)의 창립자다. 건설, 광산, 전력 개발, 금융, 방직, 신문 등 다양한 사업을 운영하였으며 오늘날 많은 명문 기업의 전신을 구축하였다. 민간인으로서는 최초로 남작의 작위를 받았다. 후지타 재벌의 핵심이 남아, 현재 DOWA 홀딩스 주식회사(DOWAホールディングス株式会社)가 되었다.

에서 예전부터 열리던 시골 행사를 지금도 볼 수 있다는 사실이다. 전원도시의 팽창으로 해마다 좁아지는 논두렁길을 걷다 보면 뜻밖에도 칠석날에 장식하는 대나무가 버려져 있거나 초가지붕에 창포를 꽂아 놓은 광경을 볼 수 있다. 어쩐지 처량하기도 하고 또 그리운 느낌이 들기도 한다.

예능인 사회나 화류계에는 낡은 관습이 오래도록 남아 있는 법이다. 나는 중학교 3~4학년 무렵, 이치요 여사[157]의 「키 재기(たけくらべ)」에 자극을 받아서 요시와라(吉原)를 중심으로 한 그 일대의 분위기를 동경하였기에 즉흥 희극이나 밤 벚꽃놀이 또는 유녀 행렬 등의 행사가 있을 때마다 살짝 집을 빠져나와 구경하러 갔었다. 그런데 도쿄의 그런 행사가 쇠퇴해 버린 시기는 아마도 지진이 일어난 해보다도 훨씬 더 이전이리라. 최근 미야코오도리[158]를 본떠서 아즈마오도리(吾妻踊り)라는 것이 신바시에서 시작되었다고 하는데, 역시 기온 지역의 무용 축제만큼 인기가 있지는 않다. 아무래도 아직 '행사'로 자리 잡을 만큼 충분히 시간이 흐르지 않은 탓도 있겠고, 도쿄에서는 시민과 화류계의 관계가 오사카처럼 밀접하지 않기 때문이기도 할 것이다. 미야코오도리에 가 보면 단순히 기온만의 행사가 아니라서, 경단 가게의 등불이 하나미코지(花見小路) 거리 모퉁이에 드리우는

---

157   히구치 이치요(樋口一葉, 1872~1896): 메이지 시대의 대표적인 소설가.

158   都踊り. 매년 4월 한 달 동안 교토에서 열리는 대규모 무용 공연. 본래 게이샤와 마이코 들이 봄을 맞이해 공연을 선보이는 행사다.

순간, 단번에 교토 거리에 봄이 찾아온 듯 모든 시민이 어쩐지 들뜬 기분이 된다. 오사카의 아시베오도리(蘆辺踊り), 나니와오도리(浪花踊り) 등도 미야코오도리 수준은 아니지만 그래도 시민들에게 봄이 왔음을 알리고 고향 땅의 정겨움을 자연스레 기억나게 해 줄 정도의 매력은 지니고 있다. 행사 때마다 시민들은 자기 지역을 하나의 커다란 가족으로 여기며 새삼스럽게 애향심을 품는다. 이러한 행사가 얼마나 지역 사람들의 마음을 어루만지고 시민들 사이의 친밀감을 높이는지 모른다.

대체로 "도쿄 사람에게 고향은 없다."라는 말을 듣는 까닭은 도쿄 거리가 쓸데없이 휑하니 넓기만 해서 지역 전체의 친밀도가 낮기 때문이기도 하다. 예를 들어 오사카라면 센바, 시마노우치, 신사이바시스지부터 도톤보리 일대, 교토라면 시조쿄고쿠(四条京極)부터 이시단시타(石段下)에 이르는 부근, 이런 식으로 간사이 도시에는 각각 하나의 중심이 있는데 도쿄는 그렇지가 않다. 억지로 찾자면 긴자, 신주쿠(新宿), 가구라자카(神楽坂), 아사쿠사라고 할까. 도쿄에는 이렇게 중심이 몇 군데나 있고, 한곳에 뭉쳐 있지 않다. 극장이나 화류계의 소재지도 사방팔방으로 흩어져 있다. 이는 도쿄의 규모가 크기 때문일지도 모르지만[159] 오늘날처럼 사방으로 통하는 간선 도로를 보유하고 1엔 택

---

159 [원주] 도쿄 번화가에는 신사이바시스지나 교고쿠처럼 전차가 다니지 않는 상점가가 마련되어 있지 않다. 몇 해 전 긴자의 전차 선로를 뒤쪽 거리로 옮기려는 논의가 있었는데 상인들의 반대로 흐지부지되었다고 들었다. 어떠한 이유에서 반대했는지 나로서는 조금도 납득할 수가 없다.

시[160]로 달리면 끝에서 끝까지 20~30분 만에 갈 수 있는 상황에서 하나의 중심지가 없다고 함은, 가정에 빗대자면 일가족이 함께 단란한 시간을 보낼 식당이 없는 꼴과 같은 일이다. 오사카는 확장을 거듭하며 인구와 면적 모든 면에서 도쿄를 능가할 정도인데 중심지만큼은 역시 예전 그대로다. 결국 시민들은 볼거리든 쇼핑이든 일단 중심으로 모여들고, 행사와 축제 행렬 따위도 일 년 내내 주로 그 주변에서 치러진다. 화류계 또한 신마치(新町), 호리에(堀江), 난치(南地)와 기타신치(北新地)로 나뉘어 있기는 하지만, 반 마일(mile)도 되지 않는 반경의 원을 그리면 모두 그 안에 들어오는 지역에 위치하니, 마침 산책하기 좋은 수준의 거리 안에 산재해 있다. 따라서 외출한 게이샤가 걸어가는 모습이나 유곽의 행사 등이 도시 정경의 한 부분을 이루면서 가게의 수습생, 아기 보는 소녀, 젊은 아가씨, 결혼한 부인들처럼 화류계와 직접 관계가 없는 사람들까지도 친애(親愛)의 눈으로 그녀들을 바라보는 것이다.

이런 분위기이므로, 오사카 화류계의 연중행사가 여전히 왕성하게 열리고 또 시민들의 사계절 행락과 뗄 수 없는 관계를 이룬다고 해서 의아하게 여길 일도 아니다. 만약 정월 9일의 호에카고(宝恵籠)[161] 같은 행사를 폐지했다면 오

---

160 일본어로는 엔타쿠(円タク)라 하며, 1엔 균일가로 시내에서 일정 거리를 운행하던 택시를 가리킨다.

161 서일본의 신사 주변에서 행해지는 가마(駕籠) 행렬을 가리킨다. 에도 시대 화류계 여성들이 신사에 참배하러 갈 때 개최했던 가마 행렬에서 유래했다고 전해진다.

사카 시민의 달력 페이지가 얼마나 쓸쓸해졌겠는가. 특히 나는 연말의 떡메 치기 행사에 더할 나위 없는 정겨움을 느낀다. 많은 게이샤들이 그 신나는 샤미센에 맞추어 지우타를 1월부터 12월 노래까지 불러 가며 떡을 찧는 광경이란 얼마나 연말 분위기를 돋우는지 모른다. 그런 행사를 보유한 오사카에 구보타 만타로[162] 군과 같은 문인이 없다는 사실은 아무리 생각해도 속상한 일이다. 만약 오사카에 단 한 명이라도 훌륭한 작가가 살았다면 메이지와 다이쇼 사이에 「키 재기」나 「스미다강(すみだ川)」에 필적할 작품을 하나둘쯤은 남겼을 텐데, 그와 비슷한 것조차 없다는 사실은 이 정도의 대도시로서는 치욕이라 해도 좋다. 이와 관련해서 하나 더, 모든 작가가 고향을 버리고 도쿄에 뜻을 두는 세태는 크게 보아서 일본 문학의 손실이다.

오사카 사람이 옛 관습을 중히 여긴다는 것은 곧 부모에게 물려받은 재산에 대해서도 집착이 강함을 의미한다. 나는 이런 일에 대해서는 전혀 아는 바가 없지만, 도쿄 근방의 소시민 계급은 시세의 파도에 휩쓸려서 속속 전락하는 듯한데, 오사카에서는 아직도 수두룩하게 중산층 자산가가 꿋꿋이 버티고 있다. 센바 부근의 좁은 옛날식 거리를 거닐어 보아도 거침없는 대(大)자본주의 풍조에 대항하는 개인 경영의 가게가 많음을 깨닫는다.

162 久保田万太郎(1889~1963): 아사쿠사 출생의 문인. 순수한 에도 토박이로서 전통적인 도쿄 말투를 구사하며 사라져 가는 도쿄 서민 거리의 정취를 그렸다고 평가받는다.

도쿄 상점가에는 이른바 '에도 토박이 패잔병'이라는 유형에 해당하는 노인이 종종 있다. 나의 아버지도 전형적인 그런 노인 가운데 한 분이었는데, 결벽하고 정직하며 뭐든지 쉽게 귀찮아하고 명예나 이익에 연연하지 않는 데다가 낯가림이 심하며 입에 발린 소리를 하는 일도 정말 싫어해서 처세마저 능하지 못하니 장사를 한들 타향 사람이 억지를 부리면 감히 당해 내질 못했다.

이런 상태에다 부모에게 물려받은 재산도 탕진해 버렸으니 노년에 이르러서는 자식과 친척들의 신세를 질 수밖에 없었는데, 당사자는 그런 상황을 조금도 염려하지 않았다. 무일푼 신세가 되니 오히려 후련하다는 식으로 생각해서 아주 천하태평으로 여생을 즐겼다. 이런 노인은 대개 여위었지만 다리는 튼튼해서 하루에 1~2리 정도 걷는 일을 대단치 않게 여기는데, 50전이나 1엔 정도 용돈을 주면 그것을 가지고 아사쿠사 근처로 터벅터벅 걸어가서 영화를 보거나 길거리 초밥집에 서서 끼니를 때우거나 하면서 한나절을 즐겁게 보낸다. 술도 좋아하지만 많이 즐기지는 않고 저녁에 한 홉 정도 반주를 하고 거나하게 취하면 들떠서 세상 돌아가는 이야기를 하다가 금방 쿨쿨 잠들어 버린다. 곁에서 보고 있으면 무슨 즐거움으로 살아가는지 알 수가 없지만, 본인은 천성적인 낙천가라서 결코 세상을 등지거나 다른 이의 행복을 시샘하지 않는다. 자신은 물론 혈육의 죽음을 맞이해도 요란을 떨거나 한탄하지 않고, 전부 하늘의 뜻이라 여기며 받아들인다. 친척 간의 다툼이나 가족 사이의 불화 등에 관여하는 일을 귀찮게 여기고 자기 혼자만 항상 초연한 태도로 누구와도 잘 어울린다. 따라서 자식들이나 친척들에게도 방해받지 않고 반대로 다른 사람에게 폐를 끼치는 말을 무심코 던지는 일도 없으며, 얼마 되지 않는 수당을 받는 일조차 미안하게 생각하면서 소학교나 구청의 사환을 하는 짬짬이 장기를 두거나 기원에 다니거나 하는 사람도 있다. 이런 노인은 도쿄의 유서 있는 집안이라면 반드시 한 명 정도는 있다. 내 아버지 정도의 연배에 특히 많은데, 가까운 사람 중에서는 쓰지 준[163] 같은 사람을 이런 타입이라고 해도 좋을 성싶다. 나쁘게 말하면 생존 경쟁의 낙오자인데 그들이 뒤처진 이유는 게으름뱅이에다 수입이 없다는 결점 때문이지만, 보기에 따라서는 거리의 신선이라고 불러야만 할 듯한 분위기마저 풍겨서 과거야 어쨌든 그 상태까지 도달한 노인들을 접하면, 크게 깨닫고 번뇌에서 해방된 선승들에게서 공통적으로 나타나는 광풍제월(光風霽月)의 인상을 받는 일이 적잖다. 그런데 나는 오사카에 온 뒤로 이런 노인을 만난 적이 없다. 이곳 지인에게 물어봐도 그러한 성격의 인물은 간사이에서 대단히 드물다고 한다.

　여기는 '욕심보'라는 말이 있는데, 도쿄에는 없다. 즉 오사카에는 돈을 벌어야지, 벌어야지 하면서 조급하게 군 결과, 욕심에 눈이 멀어 생각은 야비해지고 품성도 천박하게 바뀌어 결국 세상 사람들로부터 지탄받고 낙오하는 경우가 많다는 뜻이리라. 실제로 오사카 사람이 '무일푼이 된다.'라는 상황에 대해 가지는 두려움은 도쿄 사람으로선 도

163　辻潤(1884~1944): 번역가, 사상가.

저히 상상조차 할 수 없는 수준이다. 도쿄 사람은 굳이 자신이 무일푼이 되기를 바라지는 않아도 앞서 말한 노인과 같은 처지를 이해해 주는 여유가 있지만, 오사카 사람은 전혀 이해하지 못하는 듯하다. 오사카 사람은 그런 상황으로 전락하는 일을 오로지 두려워할 뿐이고, 우연히 그런 노인을 만나면 멍청이나 미치광이 취급을 하며 상대도 하지 않는다고 한다.

19세기 프랑스의 사실주의 소설을 읽은 분들이라면 프랑스인이 얼마나 재산을 중시하는지 알고 계시리라. 발자크나 플로베르 또는 졸라와 같은 대가는 작중 인물의 경제적 상황을 서술하는 일을 절대로 잊지 않는다. 설사 낭만적인 연애 소설일지라도 그 남자 주인공이나 여자 주인공을 소개할 때에는 아버지의 유산이 얼마, 백모님의 유산이 얼마, 거기서 발생하는 이자가 일 년에 얼마, 따라서 한 달 수입이 얼마고 그중에서 이런저런 부분에 얼마의 지출이 있으므로 이를 제하면 얼마의 여유가 있어서, 라는 식으로 참으로 꼼꼼하게 조목조목 써 내려간다. 때로는 3~4대도 더 이전으로 거슬러 올라가서 아무개 백작의 몇만 몇천 프랑의 자산을 그의 사후 아무개 후작한테 몇만 몇천 프랑만 물려주었고, 또 후작의 사후에는 누군가에게 흘러갔고, 그 후에는 아무개의 손에 넘어갔다는 식으로 유산의 역사를 선조 대대로 내려오는 보물의 내력처럼 세세하게 설명한다. 오사카 사람의 '재산'에 대한 관념이 바로 이러하다. 분가는 본가에서 얼마를 나눠 받아 그것을 자본으로 얼마만 한 규모의 장사를 하고 얼마의 동산과 부동산을 마련하여서, 그 자식들

중 형은 얼마, 동생은 얼마, 자매의 결혼 비용은 또 얼마 하는 식으로, 중산층 사람들은 오직 그런 일밖에 생각하지 않는다고 한다.[164] 따라서 소년, 소녀 시절부터 득실 계산에 민감하며 '돈'에 관한 감각이 발달한 점은 놀라울 따름인데, 도쿄의 중학생은 그런 방면으로는 완전히 무능력자라고 해도 좋다. 일전에 어떤 신문에 실린 모 백화점 점원의 이야기로, 도쿄의 부인들은 계산원의 영수증에 눈길도 주지 않고 그 자리에서 버리고 가지만 오사카의 부인들은 십중팔구 잘 챙겨서 돌아간다는 기사가 있었는데 아마 틀림없는 사실일 터다.

라이 산요[165]의 미망인 리에코(梨影子)의 편지에, 산요가 생전에 사후 계획을 게을리하지 않고 자신의 신상에 언제든 만일의 일이 생겨도 처자식이 먹고살기 어렵지 않도록 미리 대비해 주었음에 감사한다는 구절이 있다. 산요와 같이 의롭고 우국지심이 깊은 시인이 돈을 철저히 모았다는 따위의 이야기를 들으면 "역시 금전에 밝은 중국 사람이구나." 하는 생각이 들어서 갑자기 경멸하는 마음이 일어난다

164 [원주] 도쿄에서는 유복한 집이 하나 있으면 친척들이 떼로 몰려들어 이용하려고 드는 경향이 있다. 이용당하는 쪽에서도 단호하게 친척들을 물리칠 용기가 없어서 결국 모두 함께 망하고 만다. 오사카는 본가와 분가들의 단결이 강해서 평소에도 서로 도우려고 하기에 그런 피해가 드물고, 빌리는 쪽도 빌려주는 쪽에게 조심스럽게 처신하여 도쿄처럼 어리석은 짓은 저지르지 않는다. 임신 중절이 오사카에서 많은 까닭도 한 집안 경제를 먼 미래까지 미리 고려한 결과다. 도쿄 사람은 아이를 낳는 일에도 수지 타산이라고는 전혀 없다.

165 賴山陽(1781~1832): 에도 후기 오사카 출신의 유학자, 역사가.

면 이는 도쿄 사람의 결벽증으로, 지사(志士)나 문인이라 한들 처자식이 길거리를 헤매는 일을 좋아할 리는 없기 때문에 대비책이 있음은 그 무엇보다 바람직한 처사다. 특히 오늘날은 예술가의 청빈함이라느니 고결함이라느니 하는 덕목이 더 이상 자랑이 아니며 또 이를 자랑으로 내세우는 이도 없는 시대이기 때문에 우리들, 그중에서도 나처럼 헤픈 인간은 정말 오사카 사람의 마음가짐을 본받을 필요가 있다. 어쨌든 여기서는 있으면 있는 대로 물 쓰듯 낭비하고, 없어지면 갑자기 쪼들려서 당장 내일 쓸 돈조차 궁하다는 식으로 사는 사람을 예술가 가운데서도 별로 본 적이 없다. 그들은 위치라든지 기량, 재능 따위와 상관없이 일류든 이류든 한결같이 돈 버는 방법에 밝다. 그리고 뛰어난 작가들은 그런 일을 신경 쓰면서도 그것이 집필 활동에 조금도 악영향을 끼치지 않도록 하니 과연 대단하다는 생각이다. 이런 점에서 세상을 떠난 고이데 나라시게[166] 같은 이는 오사카에서 가장 모범적인 예술가였다. 고인은 알려진 대로 재롱둥이였고 어딘지 익살맞은 데가 있으면서 교묘한 화술과 아이 같은 소박한 태도 등으로 붙임성 있게 사람을 매혹시키면서도 살림살이며 제작이며 날카로운 지혜를 발휘한 까닭에 "고이데는 약삭빠르다."라는 뒷말을 듣는 일이 자주 있었다. 하지만 그 정도로 훌륭한 작품을 남기고 간 것을 보면 '약삭빠름'이나 '빈틈없음'의 한 꺼풀 밑에 예술가의 진면목, 긴장을 늦추지 않고 일에 정진하는 자세, 불같은 열정

---

166 小出楢重(1887~1931): 다이쇼부터 쇼와 초기까지 활동한 서양화가.

이 감춰져 있었음을 알 수 있다. 생각하건대 고인은 뼛속까지 오사카 본토박이인 데다 상인 출신이었기 때문에 이 고장 사람 특유의 처세술을 날 때부터 갖추고 있었을 것이다. 하지만 이는 그의 잘못이 아니다. 금전을 단속하고 생계 대비를 게을리하지 않는 점이 이 지역 사람들의 상식이라고 한다면[167] 고인도 같은 상식을 지녔다고 해서 결점은 아니다. 하물며 고인은 고향에 깊은 애착을 지니고 평생 동안 오사카를 벗어나지 않았던 사람이기 때문에 대인 관계를 위해서라도 그래야 할 필요가 있었을 터다. 소설가 같은 이들은 어디에 살더라도 도쿄의 저널리스트들과 거래를 하기 때문에 사정이 괜찮지만 화가, 특히 서양화가의 경우 틀림없이 주변 인간관계에도 마음을 쓸 필요가 있으리라고 본다. 나같은 만사태평한 사람은 도통 뭐가 뭔지 몰랐지만, 그 방면에 빈틈없는 상인 집안의 주인이 "고이데 군은 방심할 수가 없어."라고 했던 일을 떠올려 보면, 고인은 상인을 대상으로 한 흥정에서도 마치 그의 작품처럼 칼끝같이 날카로운 구석이 있었음에 틀림없다. 여하튼 오사카 사람의 특색과 예술가 사이의 저울질이 그렇게까지 잘 조화를 이루었던 사람은 없었다. 그야말로 진정 오사카가 낳은 예술가다.

오사카 사람의 처세술 가운데 "아내를 얻으려면 교토

---

167 [원주] 고이데 군이 세상을 떠났을 때 오사카의 유명 신문은 모두 그의 부고를 간략하게 전했는데, 이 특이한 지역 예술가의 죽음을 애석해하는 기사가 조금 더 나왔어도 좋았으리라 한탄할 만큼 아쉬웠다. 그렇구나, 이런 지역색으로는 예술가가 성장할 수 없겠다, 하고 나는 절실하게 느꼈다.

여자가 좋다."라는 말이 있다. 이로 미루어 보자면 교토 여자는 오사카 사람 이상으로 살림을 알뜰하고 영리하게 잘 꾸리는 듯한데, 나 같은 사람의 눈에는 오사카 여자도 대체로 교토에 뒤떨어지지 않는 듯 보인다.

예전에 나는 부립 여자 전문학교 출신인 여성 두 명을 비서로 고용한 적이 있었는데, 비서라고는 해도 내 일이라는 것 자체가 불규칙하기 때문에 시간을 정해서 사무실에 다닐 일도 없고 그냥 가족처럼 집에서 함께 살며, 바짝 일해 봐야 기껏 한 달에 열흘 정도고 나머지는 매일 빈둥빈둥 지내기 때문에 보통의 직장 여성처럼 몸이 매여 있지도 않았다. 그런데 두 명 모두 좀처럼 집을 비운 적이 없다는 사실에 나는 감탄했다. 용무가 있어도 없어도 꼼짝 않고 틀어박혀 있다. 따라서 쓸데없는 돈 낭비를 할 기회도 없다. 영화라든지 음악회라든지, 구경이나 나들이에도 우리가 권하지 않는 한 절대로 자신의 용돈으로는 가지 않는다. 양갓집 규수로서 당연한 일일지도 모르지만 도쿄의 문학청년이나 문학소녀의 기풍을 아는 나에게는 조금 의외였다. 우선 여유가 있고 얼마간의 월급도 받는데 그렇게 얌전히 지내는 여자는 없을 터다. 틈만 나면 누군가를 만나러 밖으로 나가거나 세련된 양복이라도 한 벌 장만해서 여기저기 쏘다니거나 하면서 잠시라도 엉덩이를 가만히 두지 못하는 것이 그 또래 여자들에게는 당연한 일이다. 그런데 내가 고용했던 사람들은 조금 무기력하다고 느껴질 만큼 선량하고 활동적이지 않았다. 그렇다면 하루 종일 책상에 앉아서 공부라도 하는가 싶겠지만 그렇지도 않다. 우리 집에 그럴싸한 서재는 없지만 그래도 평범한 가정보다는 문학서도 있고 질문하기에 편한 점도 있으며 문단 관계자가 찾아오기도 하건만, 그녀들은 학교 졸업을 마지막으로 이미 문학 따위에는 일절 흥미를 잃은 듯 보여서 이 절호의 기회와 자극제를 전혀 이용하려고 하지 않았다. 그래서 그녀들의 소일거리를 보고 있자면 저급한 여성 잡지를 읽거나 가족들과 함께 가사를 돕거나 재봉을 하는 모습이 하녀와 다를 바가 없었다. 요컨대 그녀들은 어디까지나 가정적인 여자인 셈이다. 교육받은 것을 과시하지 않고 가족과 충돌할 우려도 없기에 집안이 안정되어서 좋긴 하지만, 조금은 우리에게 대들 정도의 기개와 학문과 예술에 대한 야심이 있어도 좋지 않을까 생각한다. 이들 중 한 명에게 들은 이야기인데, 이러한 여성들이 학교를 졸업하고 우연히 다른 지역의 교원 자리라도 얻어서 오사카를 떠나는 날이 되면 동창들이 우메다역까지 배웅하러 가서 이별을 아쉬워하며 떠나는 이도 보내는 이도 소리 내어 운다고 한다. 규슈나 홋카이도 끝자락에 취임한다면 모르겠지만, 도쿄로 갈 경우에도 역시 그렇게 슬퍼한다고 하니 참으로 마음씨가 갸륵하기 짝이 없지 않은가.

따라서 이곳 여성을 아내로 맞이했을 때, 잔정이 많고 유순하며 살림살이도 능숙하게 꾸리리라고 어렵지 않게 상상할 수 있다. 어떤 부잣집 딸이든 월급 100엔 전후의 샐러리맨과 맺어지더라도 살림을 꾸려 나갈 정도의 각오와 수완을 지니고 있다고 한다. 또한 그중에는 미망인이거나 저능한 남편과 살면서도 당당하게 점포를 내고 지배인이나 종업원을 부리면서 스스로 가게를 경영하는 이도 드물지 않다.

사업가 지경은 아니더라도 죽은 남편의 유산을 자본으로 삼아, 차근차근 약간의 돈을 빌리거나 융통하면서 자녀들을 양육하는 여성은 내 지인의 어머니 중에도 두세 명은 있다. 도쿄에서 여성 투기꾼이라든지 여성 대금업자라고 하면 엄청난 기인(奇人)으로 여겨져 금세 세간의 화제가 되겠지만, 오사카에서는 조금도 이상하게 여기지 않는 듯하다.

그래서 오사카 중산층 시민의 가정 내부는 도쿄 사람으로서는 상상조차 할 수 없는, 어둡고 쓸쓸하며 차가운 느낌이다. 내가 아는 오사카 사람이 교토 사람의 인색함을 욕하면서 "교토에서는 추운 한겨울에 손님이 와도 개똥벌레 불빛 같은 숯불이 들어간 화침(火針)밖에 내놓지 않는다."라고 했지만, 오사카 가정의 검소함도 정떨어지기로는 이에 뒤처지지 않는다. 나와 평소에 교제가 있는 사람들은 오사카 사람 중에서도 하이칼라 계급에 속하기 때문에 도쿄에 물든 이가 많지만, 그래도 비슷한 수준의 도쿄 가정과 비교하면 그 생활 속 검약은 비교할 바가 못 된다. 우선 오사카에서 화려한 생활을 하면 "저 집은 도쿄 스타일이네."라면서 사귀기를 꺼리는 경향이 있고 신용에도 영향을 미친다고 하니, 건실한 집안일수록 실력의 몇 분의 일도 안 되는 수준으로 생계를 꾸린다. 또 도쿄식의 화려한 가정이라고 하더라도 결코 도쿄 같지는 않다. 도쿄 사람의 집은 화려하면 겉이나 속이나 매한가지로 끝없이 화려한데, 여기서는 바깥이 화려하더라도 사람 눈에 띄지 않는 은밀한 구석에서는 필시 허리띠를 졸라매는 부분이 있다.

교토 구두쇠의 예를 들자면 끝도 없지만 내가 목격한 바를 한두 가지 들어 보겠다. 오래전 교토의 한 고깃집에 스키야키를 먹으러 갔을 때, 일행인 여성이 남은 날달걀을 소매 안에 넣어서 집에 돌아간 적이 있다. 그렇다면 그 여성이 시골 아낙네인가 싶겠지만, 사실 일류 요정(料亭)의 접대부이므로 놀라지 않을 수 없었다. 그리고 오사카에서 기이한 일을 겪었는데, 저녁 무렵에 한신이나 한큐의 종점에 서 있으면 볼 수 있다. 그곳에 오는 샐러리맨이 주머니에서 다 읽은 석간을 꺼내어서 신문팔이 앞에 쓱 들이밀면, 석간을 팔던 신문팔이 소년은 그것을 받아들고 다른 신문의 석간과 교환해 준다. 샐러리맨은 그 새로운 석간을 다시 서둘러 주머니에 넣고 떠난다. 이렇게만 말해서는 도쿄 사람이라면 당최 무슨 소리인지 못 알아들을지도 모르겠지만, 말할 것도 없이 오사카에서는 《오사카 아사히》 신문, 《오사카 마이니치》 신문의 석간을 가장 많은 사람들이 읽고, 따라서 가장 빨리 품절이 되므로 다른 석간은 대체로 팔리지도 못한 채 남아서 밤이 깊어지면 세 매에 3전이나 5전이라는 식으로 싸게 팔린다. (석간은 《오사카 아사히》보다 《오사카 마이니치》가 더 빨리 품절된다. 석간 신문팔이 가운데서도 꽤 교활한 놈들이 있어서 "아사히랑 마이니치."라고 하길래 샀더니 위에는 아사히나 마이니치를 얹고 밑에는 다른 신문을 겹쳐서 주는 녀석이 있었다.) 그래서 《오사카 아사히》나 《오사카 마이니치》의 석간이라면 그것을 빨리 읽어 버리고 (단 너무 심하게 구겨지지 않도록 조심해서 읽는 것이 중요하다.) 석간 신문팔이에게 건네주면 기꺼이 다른 신문 한 매와 교환해 준다. 즉 《오사카 아사히》

와 《오사카 마이니치》 두 종의 값으로 네 종의 석간을 읽을 수 있다! 오사카보다도 실은 가미쓰이(上筒井)의 종점에서 대단히 자주 보는 광경인데, 개찰구에서 나온 남자가 쓱하고 신문을 내밀면 신문팔이도 익숙하다는 듯 쓱 내민다. 다소 멋쩍기는 하겠지만, 매일 밤 양쪽이 계약을 맺기라도 한 것처럼 이 같은 교환이 신속하게 이루어지고는 한다.

또 집안을 들여다보아도 전구의 밝기나 반찬까지 신경 썼음을 눈치챌 수 있다. 도쿄의 가정에서 밥반찬은 보통 어느 정도 남을 만큼 마련하는데, 오사카에서는 인원수에 딱 맞거나 약간 모자랄 정도로 만든다. 그러고 보니 조슈부로[168]라는 쇠가마 욕조가 간사이에 많은 까닭도 아마 연료를 절약하기 위해서임이 틀림없다. 이 욕조는 도쿄식 나무 욕조에 익숙한 사람에게는 정말로 불편한 물건인데, 나도 이 지역에 막 와서 살았던 시절에는 난감했지만 경제적인 면에서 보면 쓰레기나 먼지를 모두 연료로 쓸 수 있고 물도 빨리 끓기 때문에 가게 경영상 그만큼 편리한 물건도 없다. 조금 크기가 큰 가마를 사용하면 몸이 닿아서 뜨거운 일도 없으므로 요즘 나는 그 원시적인 욕조를 오히려 좋아하게 되었다.

욕조라고 하니 떠오르는데, 오사카 상인의 집에서는 도쿄와 마찬가지로 예전만 해도 집에서 목욕물을 끓이지 않고 대체로 대중목욕탕에 갔다고 한다. 주부는 겨우 닷새에

---

168 長州風呂. 고에몬부로(五右衛門風呂)라고도 하며 철제 욕조로 부뚜막 위에 바로 걸어서 사용한다.

한 번 정도만 가기 때문에 가끔 가면 한 시간이고 두 시간이고 욕탕에 들어앉아서 때를 박박 문지르고 왔다고 한다. 이런 점으로 미루어 보았을 때, 오사카 사람의 집 내부가 도쿄의 관점에서 불결한 느낌이 드는 이유는 역시 경제적인 문제와 관련이 있다는 생각이다. 교토 민가의 변소에 예의 삼각형 상자가 놓여 있다는 사실은 누구나 알고 있지만 오사카 가정의 부엌, 목욕탕, 뒷간 따위도 상당히 더럽다. 오사카와 고베 사이의 양옥집을 봐도 화장실에 수세식 설비가 있지만 도대체 무엇을 위한 수세식인지 알 수 없을 정도로 더러운 곳이 있다. 에도 토박이는 넝마를 입고 있어도 속옷과 신발만큼은 새것이라는 점을 자랑스럽게 여긴다고 하는데, 그러고 보면 오사카 사람의 하의류는 필시 불결하리라 추측할 수 있다. 또한 내친김에 이야기하자면, 간사이 사람은 버선에 대해 에도 토박이만큼 예민하지 않아서 항상 울룩불룩한 물건을 신고 있는데, 이는 단지 무신경하기 때문이 아니라 버선이 너무 발에 딱 맞으면 오래가지 못한다는 경제적인 이유에서란다. 나도 교토의 게이샤에게 이 얘기를 듣고 처음으로 알게 되었는데, 물정에 매우 어두운 도쿄 사람으로서는 생각이 미치지 못하는 부분이다.

　일찍이 기온의 요정에서 놀았을 때, 밤이 깊어 갑자기 허기를 느낀 나는 자리에 있던 대여섯 명의 게이샤를 돌아보고 "뭔가 먹지 않겠어?" 하고 물었다. 평소 친숙한 사이에다 거리낌 없는 사람들이었고, 실제로 그때는 어디선가 식사를 하고 온 뒤라서 먹고 싶지 않았던 모양이다. "너는, 너는?" 하고 순서대로 물어보았더니 모두 고개를 저으며 "필요 없어예."란다. 그러다가 마지막에 가장 나이 어린 아이에게 묻자 잠시 생각하더니 "다음 말이 안 나오네예." 라고 민망한 듯이 한마디 하고 웃었다. 모든 이들 가운데 그 아이만 홀로 배가 고팠던 모양인데 도쿄의 게이샤라면 이런 경우에 "다음 말이 안 나오네예."라고만 말하고 끝내지는 않았으리라 생각한다. 최근에 완전히 촌놈이 된 나로서는 이런 부분을 잘 모르겠으나, 도쿄라면 어떻게든 조금 더 앞뒤로 핑계 대는 말을 붙이거나, 그것도 아니면 노골적으로 "저는 먹을게요."라고 말할 듯싶다. "다음 말이 안 나오네예."라고 입속으로 중얼거리면서 그냥 방긋방긋 웃는 것은 그야말로 간사이식이다. 게이샤뿐 아니라 간사이 여성은 전부 그런 식으로 말수가 적고 생각을 완곡하게 표현한다. 이런 표현법은 도쿄에 비해서 고상하게 들리고 굉장히 에로틱하다. 게다가 앞서 말했듯이 끈적임과 물기를 머금은 목소리로 살며시 다가오기 때문에 한층 더 함축적인 맛이 있고 여운이 남는다.

오늘날 도쿄 말은 이제 표준어가 되었을 정도이니 문법적으로 가장 정확하며 표현법도 치밀하고 자유롭다. 그렇기 때문에 말을 풀어서 상세하게 설명하기에는 가장 편리하지만, 순수 일본풍의 그윽하고 고상한 여성의 말씨로서는 매우 부적합하다. 한마디로 도쿄 말은 지나치도록 수다스럽다. 간사이에도 수다스러운 여자는 많지만, 그래도 도쿄의 수다와는 다른 느낌이다. 왜냐하면 말이 다르기 때문이다. 예를 들어 오사카에서는 '조사'를 쓰는 일이 적다. 쓴다

해도 도쿄만큼 신경질적으로 구분하지 않는다. 적절한 예가 아닐지도 모르겠지만, 도쿄 말에서 "저는 몰라요."라고 할 때와 "저로서는 몰라요."라고 할 때의 뉘앙스가 서로 다르다. 그런데 오사카에서는 그런 구별을 하지 않기 때문에 아마 어떤 경우에도 "저, 몰라예." 하고 말할 뿐일 터다. 만약 이 예가 잘못되었다면 정정하겠으나, 대체로 내가 말하려는 바에서 벗어나지 않는다. 사실은 소설 『만(卍)』을 쓸 때 처음으로 깨달은 사실인데, 오사카 말은 묘하게 허술하다. 처음에 도쿄 말로 쓰고 이를 오사카 말로 고치려고 하니, 두 종류의 표현에 대해서 오사카 말에는 하나의 표현법밖에 없는 경우가 있었다. (요즘 소설에 쓰이는 도쿄 말에는 '조사'를 생략한 표현이 많다. "나 그런 것 몰라."라든가 "너 그 책 읽은 적 있어?"라든가, 전부 이런 식인데 간사이의 영향 때문인지 모르겠으나 순수 도쿄 사람은 결코 그런 식으로 말하지 않는다. "저느—은" 이라든가 "나아—는"이라든가 하는 식으로 오히려 '조사'를 늘인다. 설령 생략한 듯 들린다 해도 필시 말한 사람 본인은 입속에서 말했을 터다.) 또 인용 다음의 '라고'를 뺀다. "'어쩌고저쩌고'라고 말씀하셨습니다."라고 할 때 "'어쩌고저쩌고' 말씀하셨십니더."라고 한다. "'다니자키'라고 하는 사람"이라고 말하지 않고 "'다니자키'라는 사람"이라고 한다. 도쿄 말로 '그렇다면', '그러하시다면', '—라고 하신다면' 등으로 구별해서 쓰는 경우도, 오사카에서는 '그라믄요.' 하나로 대부분 해결해 버린다. 그리고 이 예시가 잘 보여 주듯이 정중한 표현, 경어법의 종류가 대단히 적다. 간사이치고는 조금 의외라는 생각도 들지만 사실이 그렇다. 도쿄에는 '—십시오 말

투’를 비롯하여 존경의 정도, 직업, 연령, 계급 등 복잡한 변화에 따른 표현법이 참으로 풍부하다. ‘하다’라는 말 하나에 대해서도 ‘합니다’, ‘하시다(なさる)’, ‘하십니다’, ‘하시다(遊ばす)’, ‘하시옵니다’, ‘하옵니다’, ‘하는 겁니다’, ‘하는 것이옵니다’, ‘하는 것이지요’, ‘하는 것이옵지요’, ‘하지’, ‘하는 거야’, ‘할게’, ‘해요’, ‘하는 거예요’, ‘하는 거라고요’, ‘해라’, ‘해대다’…… 뭐 생각해 낼 수 있는 것만 해도 이렇게나 많고, 모두 조금씩 느낌이 다르다. 오사카 말에는 도저히 이렇게 구분이 많을 수 없다. 단어 앞에 ‘오(御)’[169] 자를 붙이는 경우도 도쿄가 더 많은 듯하다. 학생에게 묻자니 여간해서는 ‘오토모다치’라고는 하지 않고 보통은 ‘도모다치’라고 한단다. ‘오메시모노’, ‘오미아시’, 나이를 셀 때 ‘오밋쓰’, ‘오욧쓰’, ‘오주이치’, ‘오주니’[170]…… 이런 말을 그다지 듣는 일이 없다. 어쨌든 이런 식이기 때문에 오사카 말에는 말과 말 사이에, 내가 추측하건대 그 정취를 짐작해야만 하는 틈새가 있다. 도쿄 말처럼 미세한 감정의 뒷면까지도 가려운 곳을 긁어 주듯이 죄다 말할 수는 없다. 도쿄의 수다는 어디까지고 구석구석 남김없이 손바닥으로 어루만지듯이 떠들지만, 오사카라면 말수는 많더라도 그 사이사이에 구멍

---

169 일본어에서는 존경, 공손함, 또는 친숙함을 나타내기 위해 말 앞에 ‘御’ 자를 붙이는데, 뒤에 오는 단어에 따라 ‘오(お)’로 발음하거나 ‘고(ご)’로 발음한다.

170 ‘오토모다치(お友達, 御友達)’는 친구, ‘오메시모노(お召し物, 御召し物)’는 의복, ‘오미아시(おみ足, 御み足)’는 발, 나이를 셀 때 ‘오밋쓰(お三つ, 御三つ)’는 세 살, ‘오욧쓰(お四つ, 御四つ)’는 네 살, ‘오주이치(お十一, 御十一)’는 열한 살, ‘오주니(お十二, 御十二)’는 열두 살이라는 뜻.

이 숭숭 뚫려 있다. 언어의 기능 면에서 보면 물론 도쿄 말이 더 우수하며, 현대인의 사상과 감정을 나타내기에도 도쿄 말이 아니면 충분하지 못하리라고 본다. 그렇지만 구석구석까지 파헤치듯이 모조리 말해 버려서는 어쩐지 상스럽다. 도쿄 말 쪽이 지나치게 정중한 말투를 써서 도리어 품위 없게 들리는 까닭은 그 때문이다. 말이 자유자재로 늘어나므로 이에 조종당하는 결과를 낳고 만다. 본디 '무언(無言)'을 미덕으로 여기는 동양에서는 언어도 국민성에 적합하도록 만들어졌으므로, 국민성의 이상(理想)을 거스르는 방향으로 발달시킨다면 그 언어가 갖춘 미덕 또한 사라져 버린다. 오늘날 이런 이야기를 해도 일반적으로는 통하지 않겠지만, 간사이 여성의 말에 예로부터 일본어가 지닌 장점, 즉 열 개 중 세 개밖에 말하지 않고 나머지는 침묵 속에 어렴풋이 떠돌게 하는 아름다움이 지금도 전해지고 있다는 점은 역시 유쾌한 일이다.

예컨대 음담(猥談)을 하는 때에도 간사이 여자는 품위 있게 넌지시 비추어 말하는 방법을 알고 있다. 도쿄 말이라면 아무래도 노골적으로 표현되기 때문에 양갓집 부인 등은 좀처럼 그런 말을 입에 올리지 않지만, 이 지역에서는 반드시 그렇지만도 않다. 또 여염집 여자라도 품위를 떨어뜨리지 않고 능숙하게 에둘러서 말한다. 여염집 여자의 입을 통해 듣기 때문에 또 묘하게 에로틱하다. 금전과 관련된 이야기를 할 때도 지나치게 욕심부린 일을 실로 교묘하게 말해 버린다. 허영꾼인 도쿄 사람은 마음에도 없는 말을 해서 예상하지 못한 손해를 부른다. 그러나 오사카는 지역 풍토가 그런 데다 쓰는 말도 시치미 떼는 표현에 적합하기 때문에, 그다지 상스럽지 않고 조금이라도 상대방의 화를 돋우지 않으면서 자기 주머니 사정에 부담을 주는 일 없이 부드럽게 말하는 표현법이 발달했다. 오사카 사람은 오다가다 만났을 때 인사 대신에 "요즘 거저묵을 일 없어예?"라고 한다는 이야기를 자주 듣는데, 남자들끼리는 그런 경우도 있겠지만 여자는 결코 그런 말투를 쓰지 않는다. 마음속으로는 빈틈없이 주판을 굴리고 있지만 어떤 경우에도 노골적인 말은 하지 않는다. 그러면서도 차금 거절이나 빚 독촉, 의리에 어긋나고 뻔뻔스러운 이야기, 궁한 사정을 직접 입에 올리지 않으면서 알리고, 상대방에게 무안을 주지 않으면서 굉장히 얌체 같은 이야기를 에둘러 말하며, 긍정하는 듯이 하면서 부정하거나 전제만 말하고 결론은 언어 외적으로 나타내어 상대방이 짐작하게 하기도 한다. 이렇게 마치 수수께끼를 내듯이 빙빙 돌려 말하는 표현법으로 어디까지나 예의를 잃지 않은 채 듣기 좋게 방어하거나 공격하고, 끝내 목적을 달성하니 무서울 지경이다. 무엇보다도 이는 오사카 사람 사이에서만 가능한 일이다. 그 수수께끼가 너무나 완곡한 나머지, 만약 한쪽이 도쿄 사람이라면 엄청나게 헛다리를 짚거나 일부러 모른 척하는 양 오해를 받거나 해서, 결국어느 한쪽이 화를 내고 만다. 나 또한 아차 그런 거였구나, 하고 뒤늦게 알아차린 탓에 너무나 미안했던 적이 있고 화가 났던 경우도 종종 있다. 이는 도쿄 사람이 오사카 사람을 상대할 때 반드시 알아 둬야 할 사실인데, 언제라도 금전상의 일과 관련해서는 절대로 말을 곧이곧대로 받아들여서는 안 된다. 가령 축의금을 줄 때도 자리에서 일어나 사양하는 이의 주머니 안에 억지로 쑤셔 넣지 않으면 받지 않는다. 원하지 않는 것이 아닐까 하면 그렇지 않다. 그런 식으로 해서 받고 또 주는 식으로 해야 이쪽에서는 상식에 맞는다. (도쿄는 요즘 젊은이들 스타일대로 축의금 봉투를 쓰지 않지만, 이곳에서는 축의금뿐만 아니라 여자들끼리 돈을 주고받을 때 1엔짜리 지폐 한 장이라도 살짝 반지(半紙)에 싸서 건넨다. 친한 사이라도 드러내 놓고 주지는 않는다.) 만약 도쿄 사람이 오사카 사람에게 깊은 생각 없이 방문하겠다는 말을 했다고 하자. 그는 상대방이 언제까지고 확답을 주지 않아서 마침내 화가 난 채로 돌아갔으리라. 그러나 오사카 사람 쪽은 승낙인지 거절인지 사실은 잡담을 나누는 중에 넌지시 말했을 터다. 그 넌지시 비추는 방법이 지역 사람들끼리라면 훌륭하게 확답을 주었다고 통하겠지만, 도쿄 사람은 거리낌 없는 말투가 익숙하기 때문에 그 수수께끼를 눈치채지 못한다. 나는 이런 오해가 도쿄 사람이 오사카 사람을 능글맞다고 느끼는 데에 상당히 일조한다고 생각한다. 그런데 능글맞은 것이 아니라 그것이 오사카 사람의 예의다. 오사카 사람으로서는 걸핏하면 싸우려 드는 도쿄 사람을 화나게 하지 않으려고 무례하게 들리지 않도록 최선을 다해서 고심 끝에 의사를 표명하는 것이다. 하지만 나는 오사카 사람에게 충고하고 싶다. 도쿄 사람을 상대할 때는 조금 더 명료하게 말하는 편이 좋다. 그러지 않으면 본인이 모르는 사이에 경멸당하거나 미움받거나 한다. 금전 관련의 이야기가 아니더라도 오사카 여성은 대체로 붙임성이 좋고 사람의 기분을 상하게 하지 않는다. 그러니 틀림없이 선의에서 비롯되었을 테지만 매우 속이 빤히 들여다보이는 아니꼬운 겉치레 말을 하곤 한다. 도쿄 사람은 수줍음을 잘 타는 사람들이라 낯가림이 심하기 때문에 너무 듣기 좋은 겉치레 말을 들으면 도리어 창피해져서 기쁨도 무엇도 아닌 기분이 든다. 그뿐 아니라 처음부터 그런 입에 발린 소리를 하는 놈을 비열한 인간이라 여긴다. 그러나 오사카에서 이런 타입의 여성과 잘 사귀어 보면 정녕 정직하고 선량한 사람이 많다.

"도쿄 출신으로서 정말로 대도시라 느껴지는 곳은 오사카뿐이다."라는 말도 나가노 소후 씨의 의견인데, 그러고 보니 교토 사람[171]은 유머 감각이 살짝 둔한 것 같지만 오사카 사람은 생각보다 해학을 잘 안다. 그런 점 역시 도시인다운데, 남자도 여자도 익살이나 유머 감각을 지녔다는 점에서는 도쿄 사람에게 뒤지지 않는다. 우스운 이야기 같은 경우에도 도쿄 쪽은 경쾌하고 소탈하거나 비꼬는 맛이 뛰어난데, 여기는 반대로 정중한 느낌으로 천천히 전해 온다는 점에서 말로는 표현할 수 없는 유머가 있다. 본디 오사카의 시치미 떼는 애매한 표현법은 도쿄 사람이 진지한 대화 중에 듣는다면 참으로 괴상하게 느껴지리라. 나는 이쪽에 온 지 얼마 되지 않아서 희극 영화의 설명을 듣고, 별것도 아닌 내용을

---

171 [원주] "서울에도 깡촌은 있다."라는 속담은 역설이 아니라 사실이다. 하지만 교토의 장점은 그 '깡촌은 있다.'라는 부분에 존재한다.

이야기하는 데도 그것이 우스워서 참을 수 없었던 일을 기억하고 있다. 말 자체가 갖춘 해학에 더하여 골계의 감각도 발달해 있다. 익살을 대하는 태도는 단지 에도 토박이한테만 국한되지 않는다. 이는 주고쿠와 시코쿠[172] 지역의 사람과 오사카 사람을 비교해 보면, 정말 확연한 차이가 드러난다.

도쿄 사람이 간사이에 별장이라도 두려고 생각한다면 누구나 먼저 교토의 사가(嵯峨) 부근을 점찍는다. 그러나 살아 보면 기후도 인심도 의외로 살기 불편함을 깨닫게 된다. 언제였던가 사단지 군에게 들은 이야기로, 다카타 미노루[173]가 어느 날 교토에 이주할 목적으로 라쿠호쿠(洛北) 기누가사무라(衣笠村)에 대지를 구입하여 집을 지었는데, 한 달 정도 살고는 더 이상 참을 수가 없어서 도망치듯 도쿄로 돌아갔다고 한다. 교토는 겨울에 추위가 뼛속까지 스며들 만큼 춥고 여름은 또 무서울 정도로 더운데, 그 대신 봄과 가을이 근사하니까 기후까지는 견딘다고 해도, 집을 한 채 가지고 보면 들락거리는 상인의 기질, 이웃과 근처에 사는 사람들의 성질 등, 도쿄 사람으로서는 이래저래 화날 일이 많다. 게다가 마음을 터놓고 지낼 친구도 생기지 않는 상황이므로, 사이온지[174] 씨

---

172 四国. 규슈와 혼슈 남서부 지방 사이에 위치하는 섬이며, 일본 열도 네 개의 주요 섬 중 면적이 가장 작다.

173 高田実(1871~1930): 신파 배우. 도톤보리를 중심으로 한 간사이 지역 신파극의 기수로 활약하였다.

174 사이온지 긴모치(西園寺公望, 1849~1940): 정치가이자 교육가.

나 기요우라[175] 씨 같은 경우는 별개이지만, 보통 도쿄 사람이라면 오랫동안 계속 버티고 살기 힘들다. 고다 선생님[176]이 도망가신 원인도 아마 이런 일들 때문이 아니었을까.

그러고 보니 생각나는 일이 있다. 다이쇼 12년(1923) 지진 당시, 나는 하코네의 산속에서 지진을 만났고 도쿄 방면으로는 산길이 무너져 나갈 수 없다고 하여, 9월 4일에 누마즈(沼津)에서 오사카행 급행을 탔다. 나의 목적은 고베에서 배를 타고 요코하마로 가는 것이었다. 그런데 한때 증명서가 없는 자에게는 승선을 허가하지 않았기에 그 사나흘 동안 교토, 오사카, 고베에서 지냈다. 우메다, 산노미야(三宮), 고베의 역 앞에는 간토 이재민을 맞이하는 시민이 새까맣게 운집하여 출구부터 행렬을 이루었고, 우리를 보면 위로품을 나눠 주었다. 또 정거장 앞에는 접대소(接待所) 등이 마련되어 있었다. 특히 우메다역 앞의 활기는 눈부실 정도였는데, 놀랍게도 시치조(七条)역 앞 광장은 쥐 죽은 듯이 고요해서 평소와 조금도 다르지 않았다. 나는 이 같은 상황에 참으로 이상한 기분이 들었다. 그때 처음 교토의 지방색을 다양한 방면에서 볼 수 있었다. 당시 간사이로 천도한다는 소문이 돌자 마침 기온에 있는 어떤 요정의 여주인은 "그렇게 되어서 높으신 분들이 교토에 많이 오시면 저희는 당해 낼 수가 없어요."라고 푸념했다. 이것이 교토 사람들

---

175 기요우라 게이고(清浦奎吾, 1850~1942): 사법 관료이자 정치가.
176 고다 로한(幸田露伴, 1867~1947): 소설가. 의고전주의(擬古典主義)라고 불리는 문학 사조를 대표하는 작가며 한문학과 고전, 종교에도 정통하였다.

의 솔직한 심정이다. 자신들의 고향이 다시 도읍지가 되는 셈이니 기뻐할 만한 일인데도, 고위 관료들이 모두 모여 이주해 오면 자기들 처지가 어떻게 될지 모르고, 따라서 그런 사람들은 오지 않는 편이 긁어 부스럼을 만들지 않는다는, 즉 일신의 보전만을 바라는 한없이 소극적인 생각이다. 따라서 자진해서 이재민을 위문하기보다는 물러서서 사치와 호사를 삼가고, 오로지 근신의 뜻을 표하면서 경찰에게 욕을 먹거나 신문에서 비난당하는 일이 없도록 하는 등, 그런 식으로만 조심하는 것이다. 그로 인해 교토의 거리는 오히려 평소보다 활기를 잃었고, 근거 없는 유언비어 따위를 두려워하여 상점들은 일찌감치 문을 닫았으며, 타인의 구제보다 우선 자경단(自警団)부터 조직해서 단속하는 등 마치 불이 꺼진 듯 매우 고요해졌다. 반면 한신 노선의 아시야 등지에서는 축음기 소리가 한가롭게 들렸을 정도로, 오사카는 구제 사업도 왕성한 한편 밝은 분위기마저 감돌았다.

내 직업의 특성상 교토 쪽이 잘 맞을 듯하지만 역시 그렇지가 않다. 교토는 사업적인 관계가 전혀 없기 때문에 초연하게 지낼 수 있을 뿐, 오사카가 더 살기 좋다. 시내에서 생활한 적은 없으나 공기만 좋다면 시내에서 살아도 좋다고 생각한다. 욕심이 많다든가 금전 쪽으로 지저분하다고들 하지만 여기는 상인들의 도시다. 상인이 욕심을 품는 것은 당연한 일 아닌가.[177] 교토 사람과 달리 오히려 분명하

---

177 [원주] 도쿄의 부르주아 계급은 화족, 정치가, 정상(政商), 고위 관료, 그 밖의 정부나 대기업 덕분에 먹고사는 이들이 대부분인데, 오사카에는 자력으로 고생을 견디며 열심히 사업을 경영하는 상인이 많다. 따라서 도쿄에서는 공무원이나

니 좋지 않은가. 이주하고 얼마 되지 않았을 때는 도쿄와 기풍이 달라도 너무 달라서 울화통이 치밀었지만, 익숙해지고 보니 그 욕심 많은 기질 가운데서도 저절로 사랑스러운 부분을 찾아내게 된다. 오사카 사람들은 도쿄의 창백한 지식인 계급보다 진취적이고 남성적이며 선이 굵은 만큼 명랑하다.

이삼 년 전의 일인데, 기차를 싫어하기 때문에 아직 간사이에 가 본 적 없었던 기요카타 화백[178]이 난생처음으로 자동차로 도카이도[179]를 달려서 오신 일이 있다. 그때 화백의 감상을 읽어 보니, 도중에 나고야를 구경하고 그곳의 정취를 매우 흥미롭게 느끼셨다고 한다. 듣자 하니 안내를 맡은 사람이 평범한 동네 따위에 모시고 가 봤자 소용없으니 되도록 그런 곳은 보여 주지 않으려고 했지만, 우연히 화백의 눈에 띄어서 흥미를 끌었다고. 나는 그 이야기를 읽고, 정말 그럴 수도 있겠다고 생각했다. 안내자가 도쿄 사람에게 나고야의 거리 따위를 보여 줘 봤자라고 여긴 일도 지당한 생각이고 말이다. 나 같은 경우, 나고야는 잘 모르지만 간사이 도시의 시가지를 걷고 있으면 내 소년 시절이 떠올라서 그리움이 새록새록 솟아난다. 무슨 말인가 하면, 오늘날 도쿄의 서민 거리는 옛 모습을 완전히 잃어버

정부의 주요 인사가 세력을 떨치지만, 오사카는 실력주의라서 참 좋다.

178 가부라키 기요카타(鏑木清方, 1878~1972): 우키요에, 일본화 화가. 대체로 인물화를 그렸으며 메이지 시대 도쿄의 풍속을 담아낸 작품이 많다.

179 東海道. 도쿄에서 출발하여 교토, 오사카, 고베에 이르는 간선 도로.

렸는데[180] 그것과 닮은, 흙으로 바른 집이나 격자를 두른 집들이 늘어선 모습을 뜻밖에도 교토나 오사카의 구시가지에서 발견하고는 한다. 요코하마가 지진으로 무너지고 나니, 도쿄 부근의 현에는 도시다운 도시가 하나도 없는 셈이라 옛 일본 거리의 광경을 회상할 수 있는 곳이 전부 사라져 버렸다. 하지만 교토의 무로마치(室町) 부근, 오사카의 다니마치(谷町), 고즈(高津), 시타데라마치(下寺町) 근처에 가면 '아아, 도쿄도 옛날에는 이랬었지.'라고 탄식하며 잊고 있었던 고향을 찾아낸 듯한 기분이 든다. 도쿄도 예전에는 그처럼 폭이 좁고 길이는 긴, 안쪽까지 쭉 이어진 긴 정원을 둔 집이 많이 있었다. 가야바초(茅場町)에 살던 시절의 내 집도 그랬다. 여름이 되면 좁은 길에 대나무 평상을 꺼내서 근처 이웃들과 담소를 나누거나 장기를 두거나 하면서 밤을 새운다. 이쪽 지역에는, 심지어 오사카 같은 대도시에도 그런 느긋한 공기가 아직 남아 있다. 또 번화한 거리의 뒷골목에 말쑥하고 아담한 집들이 늘어서 있어서, 격자를 열어젖히면 가장 첫 번째로 보이는 다다미 여섯 장짜리 방에 긴 화침이 놓여 있고, 반들반들 윤이 나도록 닦인 기둥이나 마루, 한텐[181]을 입은 집주인이 기세 좋은 부인과 작은 냄비에 요리를 하던 골목길 생활. 과거에는 점원이나 수공업자들이 모두 그런 곳에 살았는데, 아직 여기에는 센바나 시마노우치 중

---

180 [원주] 도쿄에서 가장 도쿄스러운 곳이라 하면 역시 니혼바시구(日本橋区)였는데, 현재 그곳은 지진으로 흔적도 없이 불타 버렸다.

181 半纏. 짧은 겉옷의 일종.

심지에도 그런 곳이 많이 남아 있다. 간사이도 도쿄를 흉내 내어 점점 거대한 빌딩을 세우고 있지만 이는 간선 도로 근방에만 해당하는 일이며, 한바탕 모두 불타 버리지 않는 이상 느긋한 거리의 정경은 의외로 목숨을 부지할 듯싶다. 폰토초(先斗町) 같은 곳도 화재가 발생했다 하면 그것을 끝으로 재건축을 허가하지 않겠다는 방침이라지만, 당분간은 사라지지 않을 것 같아서 기쁘다.

　간사이에 오래 살면서 앞에서 이야기한 인정, 풍속, 관습을 알게 되었고, 그 때문에 이제는 분라쿠 인형극을 보면 한 때 도쿄 사람의 눈으로 보았던 것과는 전혀 다른 인상을 받는다. 그 인형극과 현대 오사카 사람 사이의 관계는 아마도 모쿠아미극[182]과 오늘날 도쿄 사람 사이의 관계랑은 다르리라. 모쿠아미극에 나타난 옛 막부 말기 내지는 메이지 초년 무렵의 세태는 오늘날 도쿄 사람이 보면 이미 한두 세대도 더 지나간 고전의 세계라 느끼겠지만, 오사카 사람은 분명 그리 보지 않을 터다. 그들은 극 안에서 자신들의 환경이나 생활, 감정과 비슷한 인상을 받고, 그 모든 걸 자신의 일처럼 여기면서 동정의 눈물을 짜내거나 혹은 말로 다 표현할 수 없는 그리움을 느낀다. 적어도 사오십 대의 오사카 사람이 그런 연극을 본다면 자신들의 소년 시절을 떠올리며 달콤한 감상에 젖을 것이다. 이는 특별히

182　黙阿弥劇. 에도 시대 말기부터 메이지 시대에 걸쳐 활약한 가부키 작가인 가와타케 모쿠아미(河竹黙阿弥, 1816~1893)가 창작한 극.

우메추[183]나 가미지[184] 같은 세와모노에 국한된 일이 아니다. 조루리는 처음부터 대중을 대상으로 만들어졌으므로, 대단한 지다이모노 중에도 민중에게 친숙한 제재나 장면을 넣음으로써 그들이 현실감을 느끼도록 한다. 그 때문에 보수적인 간사이에서는 오늘날에도 조루리가 상인이나 백성을 감동시키는 힘을 발휘한다. 예를 들어 주신구라[185]의 간페이(勘平) 할복 장면이 그렇다. 도쿄의 가부키 무대라면 나는 이런 장면을 정말 싫어해서 가토구치[186]에 드리운 노렌 건너편에서 주름투성이 쭈그렁 할멈이 나오기라도 하면 구질구질한 느낌을 받곤 했다. 그런데 이쪽 지역의 인형극에 친숙해지고 나서야 비로소 어떤 시대의 교겐에든 그런 장면을 반드시 넣는 조루리 작자의 생각과 의도를 이해하게 되었다. 그것은 역시 이 근처 시골의 실사(實寫)다. 그리고 지금도 야마자키(山崎) 언저리에 가면 주신구라 시대와 그다지 다르지 않은 벽촌 농가를 볼 수 있고, 요이치베(与市兵衛)가 살았을 법한 쓸쓸한 초가지붕도 여기저기 있으며, 모습도 말씨도 오카야(おかや) 같은 노파, 오카루(お軽) 같은 처자와 맞닥뜨리는 일이 드물지 않다. 우메추의 니노쿠치무라(新口村), 사와이치(沢市)의 쓰보사카(壺坂), 센본자쿠라

183 梅忠. 가부키·조루리 작품의 제목.

184 紙治. 조루리 작품 제목의 약칭.

185 忠臣蔵. 옛 아코번(赤穂藩)의 무사 마흔여섯 명이 주군의 원수를 갚은 실제 사건을 소재로 만들어진 가부키, 조루리의 총칭.

186 瓦燈口. 가부키 지다이모노에서 대궐이나 저택 정면에 설치하는 출입구. 해당 장면의 배경이 고귀한 신분의 인물이 있는 실내임을 나타낸다.

(千本桜)의 초밥집 시모이치(下市) 등도 모두 옛날 그대로의 시골이나 마을이며, 마고에몬(孫右衛門)이나 사와이치, 곤타(権太)나 오사토(お里)의 풍모를 방불하게 하는 사람들도 눈에 띈다. 그 인형극이야말로 진정한 의미의 향토 예술이라는 사실을 여기에서 절감한다. 이 또한 기다유만 들어서는 모를 테지만, 그 인형의 얼굴이 참 놀랍다. 일견 그로테스크한 얼굴을 지그시 바라보면, 내가 일상에서 왕래하는 이 고장 사람들 중 누군가와 닮았음을 문득 깨닫는다. 특히 노파의 얼굴이 그러하다. 우메추의 의모(義母) 같은 얼굴, 오카야의 얼굴. 그런 얼굴은 지금도 거리에 많이 있다. 그리고 마고에몬이나 소간(宗岸)의 얼굴형을 한 노인, 하치에몬(八右衛門) 얼굴형을 지닌 상인, 지혜(治兵衛) 얼굴형의 도련님, 모두 지인 중에서 유형을 찾아볼 수 있다. 젊은 여자의 얼굴도 아무렇게나 만든 것 같지만 실은 특색을 잘 포착하고 있다. 우메카와(梅川), 오산(おさん)과 같은 유녀나 상인의 아내는 물론이고, 와카바(若葉)의 여관(女官), 야에가키히메(八重垣姫) 같은 지체 높은 부인이나 따님의 얼굴도 가만히 보고 있으면 역시 오사카 여자의 얼굴이다. 한신 노선에 사는 하이칼라 부인이나 영애의 이목구비 아래 그 얼굴들이 모두 깃들어 있는 셈이다.

똑같은 오카루나 간페이라도 도쿄화한 기요모토의 「다비시노하나무코(旅路花婿)」는 얼마나 오늘날의 실생활과 동떨어져 있는가. 그러고 보면 도쿄의 가부키극보다 이곳 인형극이 지역에 훨씬 깊게 뿌리내렸음을 알 수 있다. 가부키극은 현재 거의 도쿄만의 예술이 되고 말았는데, 오사카의 인형극은 분라쿠뿐이 아니다. 아와지 겐노조[187]를 비롯하여 여러 극단이 있고, 오사카의 서쪽, 아와지와 시코쿠 쪽까지 고루 퍼져 있어서 농민과 손을 맞잡고 있다.

결국 내가 말하려던 사항은 대체로 한 차례씩 다룬 셈이므로 이 정도에서 붓을 놓기로 하겠다. 간사이의 먹거리에 대해서는 앞서 여러 차례 잡지에 글을 썼고, 오사카 요리가 벌써 도쿄를 완전히 휩쓸어 버린 오늘날에는 새삼스럽게 할 말도 없을 듯싶다. 그리고 기후가 온난한 점, 화재나 지진 등의 천재지변이 적은 점에서도 이 지역이 도쿄보다 낫다는 말은 보탤 필요조차 없다. 우리는 소학교 독본에서 "우리 일본은 기후가 온난하고 풍광이 맑고 아름다워……"라고 배우지만 정작 도쿄에 있으면 그런 느낌이 조금도 들지 않을뿐더러 오히려 반감이 떠오른다. 그런데 그 기사가 참이고 단순한 나라 자랑이 아니라는 사실을 이쪽 지방에 와서야 비로소 과연 그렇구나 하고 수긍하게 되었다. 즉 저 이야기에 들어맞는 '일본'이 어디인가 하면, 바로 오사카로부터 주고쿠에 이르는 본토의 서반부다. 지세 면에서도 이 주변이 일본의 중심이다. 어쩌면 예로부터 개방되어 이방인에게도 알려진 지방으로서 자연히 일본을 대표하게 되었을지도 모른다. 따라서 간사이가 상국(上国)이고 간토는 하국(下国)이라는 생각마저 든다. 셋카센 지역들[188]도 좋지

---

187 淡路源之丞(1896~1964): 기다유부시 배우.

188 摂河泉. 현재 오사카부와 효고현의 일부 지역으로, 예전의 셋쓰(摂津), 가와

만, 여기에서 서쪽으로 가면 갈수록 토양의 색이 하얘지고 기후가 한층 따뜻해지며, 생선이 더욱 맛있어지고[189] 경치가 점점 환하게 변한다.

그러나 앞서 설명한 바와 같이, 나는 결코 간사이 지역을 무조건 찬미하고 싶지는 않다. 학교를 졸업하고 이제부터 사회에서 활동할 사람이나 공을 세우고 명성을 얻고자 하는 사람이 은둔 생활을 하기에는 좋지만, 자녀를 교육할 만한 고장은 아니다. 여자아이는 물론 남자아이를 훌륭한 인물로 키워 내려면 역시 도쿄가 아니면 안 된다. 일반적으로 내가 학생이던 시절과 기풍이 달라진 탓도 있지만, 아무래도 이곳 학생은 기개가 없고 모험심이 부족하다. 다만 상점 지배인처럼 빈틈이 없기는 하다. 작은 성공에 안주해 버리고 큰 뜻을 품는 이가 점점 사라진다. 오사카는 아직 괜찮지만 주고쿠 주변의 번화한 소도시에 사는 젊은이들을 보면 약삭빠르고 좀스러운 구실만 내세우면서 큰 그림을 보지 못하는 청년이 대단히 많다. 지나치게 자연환경의 혜택이 풍족한 데에도 이처럼 장단점이 있다.

치(河内), 이즈미(和泉), 세 지방을 가리킨다.

189 [원주] 일본을 대표하는 생선은 도미이므로, 도미가 맛있는 지방이 가장 일본다운 '일본'이라 할 수 있다. 즉 오사카에서 동쪽으로 갈수록 점점 시골이 되는 셈이다.

음예 예찬[190]

요즘 집을 짓거나 수리하는 취미를 가진 사람이 순수한 일본풍의 가옥을 지어서 살려고 하면 전기나 가스, 수도 등의 설치에 애를 먹고 어떻게 해서든 이들을 일본 다다미방과 조화하게 하고자 생각을 짜내는 경향이 있다는 사실은 스스로 집을 지어 본 경험이 없는 사람일지라도 고급 요릿집이나 여관방에 들어가서 둘러보기만 해도 쉽게 눈치챌 수 있으리라. 독선적인 풍류객이 과학 문명의 은혜를 도외시하고 외진 시골에 초가집이라도 짓는다면 모를까, 상당한 식솔을 거느리고 도시에 사는 한 아무리 일본풍으로 꾸민다고 해도 근대적 생활에 필요한 난방이나 조명, 위생 설비의 유혹을 물리칠 수는 없다. 그래서 고집스러운 사람은 전화 하나를 다는 데에도 골머리를 앓으면서 계단 뒤쪽이나 복도

---

190 원제는 「陰翳礼讃」으로 《경재왕래(経済往来)》 1933년 12월호와 1934년 1월호에 발표되었다. 번역 저본으로 谷崎潤一郎, 『陰翳礼讃(中公文庫)』(中央公論新社, 2015)에 수록된 「陰翳礼讃」을 참조하였다.

구석 등 가능한 한 눈에 거슬리지 않는 장소로 가져간다. 그 밖에도 뜰의 전선은 지하로 지나가게 하며 방의 스위치는 반침이나 작은 벽장 안으로 숨기고 코드는 병풍 뒤로 두르는 등, 여러모로 궁리한 나머지 신경질적으로 과도하게 꾸며서 오히려 번잡스러운 느낌이 드는 경우마저 있다. 실제로 전등 같은 물건은 이미 우리 눈에 완전히 익숙해졌으므로 공연히 어중간한 짓을 하기보다는 종래 있던 옅은 젖빛 유리의 전등갓을 씌우고 전구 안이 드러나 보이도록 두는 편이 자연스럽고 소박하다. 저녁 무렵 기차의 창 너머로 시골 풍경을 바라볼 때, 농가의 초가지붕 장지 그늘 안에서 지금은 시대에 뒤떨어진 그 희미한 갓을 씌운 전구가 외로이 빛나고 있는 모습을 보고 있자면 풍류라는 생각까지 든다. 그러나 선풍기 같은 물건이라면 그 소리로 보나 형태로 보나, 아직까지는 일본 가옥과 조화를 이루기 힘들다. 그것도 보통 가정의 경우에는 싫으면 쓰지 않아도 그만이지만, 여름철 손님을 상대로 장사하는 가게에서는 주인의 취향만을 고집할 수는 없는 일이다. 내 벗인 가이라쿠엔[191] 주인은 건축에 관하여 꽤나 고집스러운 편으로 선풍기를 싫어해서 오랫동안 객실에 달지 않았는데, 매년 여름이 되면 손님에게서 불만이 터져 나와 결국 고집을 꺾고 말았다. 이렇게 말하는 나 또한 지난해 분수에 맞지 않는 거금을 들여 집을 지었을 때 이와 비슷한 경험을 하였는데, 자잘한 창호나 기구 하나하나까지 신경 쓰기 시작하자 여러 가지 곤경에 맞닥뜨리

191　偕楽園. 도쿄 지역 중화요리 가게의 원조라 불리는 음식점.

게 되었다. 예컨대 장지 한 장만 해도 취향대로라면 유리를 끼우고 싶지 않았지만 그렇다고 철저하게 종이만 쓰려고 하니 채광이나 문단속 등에 지장이 생긴다. 어쩔 도리 없이 안쪽에 종이를 붙이고 바깥쪽에 유리를 붙였다. 그러려면 겉과 안으로 살을 이중으로 해야 해서 비용도 늘어나는데, 정작 그렇게까지 해 보아도 밖에서 보면 그냥 유리문일 뿐이고 안에서 보면 종이 뒤에 유리가 버티고 있으니 역시 진짜 종이 장지 같은 보드라운 폭신함이 없어서 거북스러운 모양새가 되기 십상이다. 그럴 바에야 그냥 유리문으로 했으면 좋았을 텐데, 하고 그제야 후회한다. 다른 사람의 일이라면 웃어넘길 수 있지만 내 일이 되고 보니 거기까지 해 보지 않고서는 포기하기가 힘들다. 근래의 전등 기구로는 사방등(行燈式), 초롱식(提灯式), 팔방식(八方式), 촛대식(燭台式) 등 일본 다다미방과 조화를 이룰 수 있는 기구가 시중에 나와 있다. 나는 그조차도 마음에 들지 않아서 옛 석유램프나 머리맡 장등(有明行灯)이나 베개맡에 두는 사방등을 고물상에서 찾아와서 거기에 전구를 설치하기도 했다. 그중에서도 고심했던 부분은 난방 설계였다. 무릇 스토브라고 불리면서 일본 다다미방과 어울릴 만한 형태를 갖춘 물건은 하나도 없다. 게다가 가스스토브는 활활 타는 소리가 나고 또 연통이라도 달지 않으면 금방 두통이 생긴다. 그런데 이런 점에서 이상적이라고들 하는 전기스토브 또한 형태가 마음에 들지 않기란 마찬가지다. 전철에서나 사용할 듯한 히터를 벽장 안에 설치하는 방법도 있겠지만, 역시 붉은 불빛이 보이지 않으면 겨울다운 느낌이 나지 않고 가족끼리 단란한 시간을 보내기에도 불편하다. 나는 여러모로 지혜를 짜내어 농가에 있을 법한 커다란 화로를 만들고 그 안에 전기탄을 넣어 보았는데, 물을 끓이기에도 방을 데우기에도 알맞아서 비용이 많이 든다는 점을 제외하면 모양새로는 일단 성공한 편이었다. 이로써 난방은 그럭저럭 잘 굴러갔으나, 다음으로는 욕실과 변소 탓에 애를 먹었다. 가이라쿠엔의 주인은 욕조나 수챗구멍에 타일 붙이기를 싫어해서 손님용 목욕탕을 온전히 목조로만 만들었는데, 경제성이나 실용성에서 타일 쪽이 훨씬 뛰어나다는 점은 새삼 말할 필요도 없다. 다만 훌륭한 일본 목재로 천장, 기둥, 벽에 널빤지를 붙일 경우, 일부분을 요란한 타일로 마감해서는 아무리 생각해도 전체와 어울림이 좋지 못하다. 갓 지은 집은 아직 괜찮지만, 몇 해가 지나 널빤지나 기둥에 나뭇결 본연의 멋이 우러나왔을 때 타일만 하얗게 반들반들 빛난다면 그야말로 나무에 아무렇게나 대나무를 갖다 붙인 듯하여 부자연스러울 터다. 그래도 욕실은 취향을 위해 실용성을 얼마간 희생해도 괜찮겠지만 변소는 한층 더 성가신 문제를 불러일으킨다.

　나는 교토나 나라의 사원에 가서 고풍스럽고 어둑어둑하며 말끔하게 청소까지 된 변소로 안내받을 때마다 정말이지 일본 건축 양식에 고마움을 느낀다. 다실(茶の間)도 좋기는 하지만 이런 변소는 신록의 내음이나 이끼 냄새가 날 듯한 정원수들이 만들어 내는 그늘에 마련되어 있어서 복도를 지나서야 당도하게 되는데, 그 어스레한 광선 속에 웅크리고 앉아 장지에서 반사되는 은은한 빛을 받으며 명상에 잠

기거나 또는 창밖 뜰의 풍경을 바라보는 기분은 뭐라 형용할 수가 없다. 소세키 선생님[192]은 매일 아침 용변을 보러 가는 일을 하나의 즐거움으로 꼽으시면서 그것은 차라리 생리적 쾌감이라고 말씀하셨다고 하는데, 그 쾌감을 맛보기에 한적한 벽과 청초한 나뭇결에 둘러싸여 눈으로는 푸른 하늘과 신록의 색을 볼 수 있는 일본의 변소만큼 알맞은 장소도 없다. 그리고 거듭해서 말하지만, 그러려면 어느 정도의 어둑어둑함과 철저한 청결함과 또 모기의 앵앵대는 소리마저 들릴 듯한 고요함이 필수 조건이다. 나는 그런 변소에서 추적추적 내리는 빗소리를 듣기를 좋아한다. 특히 간토의 변소에는 바닥에 가늘고 긴 하키다시창[193]이 붙어 있어서 처마 끝이나 나뭇잎에서 방울져 떨어지는 물방울이 석등 덮개를 씻어 내면서 징검돌의 이끼를 촉촉이 적시고 흙으로 스며드는 차분한 소리를 한결 가깝게 들을 수 있다. 변소는 참으로 벌레 소리, 새소리를 듣기에도, 또 달밤에도 잘 어울리며, 사계절 각각 때마다 만물의 정취를 맛보기에도 가장 알맞은 장소로, 아마도 예로부터 하이진[194]은 이곳에서 무수한 제재를 얻어 왔으리라. 그러므로 변소가 일본의 건축 가운데 가장 운치 있게 만들어진 장소라고 말하지 못할 까닭

---

192 소설가이자 평론가, 영문학자인 나쓰메 소세키(夏目漱石, 1867~1916)를 가리킨다.

193 掃き出し窓. 실내의 쓰레기를 쓸어 내기 위해서 바닥과 같은 높이로 만든 작은 창문을 가리킨다.

194 俳人. 3구 17음으로 이루어진 일본 전통 시의 한 형태인 하이쿠를 창작하는 시인을 가리킨다.

도 없다. 만물을 시로 승화시키고 마는 우리 선조들은 주택 안의 어느 곳보다 마땅히 불결한 장소를 도리어 아취(雅致) 어린 장소로 바꾸고 화조풍월(花鳥風月)과 엮어서 그리운 연상 속으로 파고들게끔 하였다. 서양인들이 변소를 덮어놓고 다짜고짜 불결하다 치부하고 사람들 앞에서 입에 올리는 일조차 꺼리는 데 비한다면, 우리가 훨씬 더 현명하며 진정으로 풍아(風雅)의 요체를 지니고 있다 하겠다. 굳이 결점을 말하자면 안채로부터 떨어져 있기 때문에 밤중에 다니기에는 편리하지 못하고, 겨울에는 특히 감기에 걸릴 염려가 있기는 하지만 "풍류란 모름지기 추운 것(風流は寒きものなり)"이라는 사이토 료쿠[195]의 말처럼 이런 장소는 바깥 공기와 똑같이 차가운 편이 낫다. 스팀 온기가 나오는 호텔의 서양식 변소 따위는 정말 질색이다. 스키야부신[196]을 선호하는 사람은 누구나 일본 스타일의 변소를 이상적이라 여길 터다. 그런데 사찰과 같이 공간이 넓은 데 비하여 사람 수는 적지만 청소할 사람이 충분한 곳이라면 괜찮다. 그러나 보통의 주택에서 언제나 청결을 유지하는 일은 쉽지 않다. 특히 바닥을 판자나 다다미로 하면 예의범절을 까다롭게 따져서 걸레질을 열심히 해도 금방 더러움이 눈에 띄고 만다. 결국은 타일을 덮어서 수세식 탱크나 변기를 달고 정화 장치를 놓는 편이 위생적일뿐더러 수고를 덜 수도 있지만, 그러

---

195 斎藤緑雨(1868~1904): 메이지 시대의 소설가이자 평론가로 쓰보우치 쇼요(坪内逍遥), 고다 로한, 모리 오가이(森鴎外) 등과 친교를 맺으며 창작 활동을 전개했다.

196 数奇屋普請. 다실풍의 양식을 도입한 건축.

면 '풍아'나 '화조풍월'과는 완전히 연이 끊긴다. 이렇게 확 밝은 데다 사방이 새하얀 벽으로 에워싸여서는 소세키 선생님이 말한 생리적 쾌감을 흡족하게 누리기는 어렵다. 아무래도 구석구석까지 순백으로 보이니 확실히 청결이야 하겠지만 자기 몸에서 나온 것이 떨어져 내리는 곳을 그렇게까지 확실히 볼 필요는 없지 않겠는가. 아무리 미인의 옥과 같은 피부라 해도 엉덩이나 발을 사람들 앞에서 내보여서는 실례이듯, 마찬가지로 그렇게 다 드러나게 밝힌다면 과연 지나치고 무례하기 짝이 없으며, 보이는 부분이 청결한 만큼 보이지 않는 부분을 괜히 연상하도록 도발하기도 한다. 역시 그런 장소는 몽롱하고 어두침침한 광선에 둘러싸여 어디부터 청정하고 어디부터 불결한지 구분이 애매하도록 얼버무려 두어야 더 좋다. 뭐 그러한 연유로 나도 집을 지을 때 정화 장치를 두는 쪽으로 마음이 기울었지만, 타일만큼은 일절 쓰지 않도록 하고 바닥은 녹나무 장판을 덮어 일본 분위기가 나도록 해 보았다. 그런데 정작 곤란함은 변기 때문에 겪었다. 무슨 말인고 하니, 알다시피 수세식은 모두 새하얀 자기로 만들어져 있고 번쩍번쩍 빛나는 금속제 손잡이가 달려 있다. 원래 내가 주문한 대로라면 그 변기는 남자용이든 여자용이든 목제가 가장 좋다. 왁스를 칠하면 가장 좋기는 한데, 나무 바탕 그대로도 세월이 지나면서 적당하게 검은빛을 띠고 나뭇결 스스로 매력을 지니게 되어, 신기하게도 신경을 누그러뜨려 준다. 그중에서도 특히 목제로 된 요강에 파릇파릇한 삼나무 잎을 채워 넣은 것은 보기에도 상쾌할 뿐 아니라 조금의 소리마저 막아 준다는 점에서 이상적이라고 해야만 한다. 나는 이러한 사치를 흉내조차 낼수 없었지만 적어도 자신의 취향에 맞는 변기를 만들어서거기에 수세식을 적용해 보고는 싶었다. 하지만 그런 물건을 특별히 주문하면 상당한 수고와 비용이 들기 때문에 포기할 수밖에 없었다. 그리고 그때 조명이든 난방이든 변기든, 물론 문명의 이기를 받아들이는 데에 이의는 없지만 그러면 그러는 대로 어째서 좀 더 우리의 습관이나 취미 생활을 중시하여 물건을 이에 순응하도록 개량하려 하지 않을까, 하는 점이 이상하게 느껴졌다.

이미 사방등식 전등이 널리 퍼지기 시작하였음은 우리가 한동안 잊고 있었던 '종이'라는 물건이 지니는 부드러움과 따스함에 다시금 눈뜬 결과며, 그쪽이 유리보다 일본 가옥에 적합함을 알아차리게 됐다는 증거지만, 변기나 스토브는 아직도 그럴싸한 물건이 나오지 않고 있다. 난방은 내가시도한 바와 같이 화로 안에 전기탄을 넣는 방식이 가장 이상적이리라 여겨지지만, 이런 간단한 고안조차 행하려는 이가 없으니 (빈약한 전기 화침(火針)이라는 물건이 있기는 하지만이는 난방기로서의 구실을 못 하는 까닭에 보통 화침과 다를 바 없다.) 기성품이라고는 죄다 볼품없는 서양풍 난로뿐이다. 하지만 자질구레한 의식주 취향에 대해 이러쿵저러쿵 신경 쓰는 일은 사치다. 추위와 더위 또는 기아를 견디기에 충분하다면 양식 따위는 따질 바가 아니라는 사람도 있다. 사실 아무리 오기를 부려 보아도 "눈 오는 날은 추울지언정"이기에 눈앞에 편리한 기구가 있으면 멋이 있고 없고를 논할 겨

를조차 없어서 어쩔 도리 없이 무작정 이기를 누리고 싶은 마음이 든다. 하지만 나는 그럴 때마다 만약 동양에서 서양과는 완전히 다른 독자적인 과학 문명이 발달했다면 우리 사회의 모습이 오늘날과는 다르지 않았을까, 하고 항상 생각한다. 예를 들어 우리가 독자적인 물리학을, 그리고 화학을 지니고 있었다면 이를 바탕으로 기술이나 공업도 자연히 다르게 발전하지 않았을까. 따라서 날마다 사용하는 갖가지 기계, 약품, 공예품 또한 좀 더 우리 국민성에 부합하게끔 만들어지지 않았을까. 아니 필시 물리학과 화학의 원리마저도 서양인과는 다른 관점을 취하여, 광선이나 전기, 원자 따위의 본질이나 성능에 관해서도 지금 우리가 배우는 내용과는 달랐을지도 모른다. 나는 이런 학문적 이론이라면 잘 모르기 때문에 단지 막연하게 제멋대로 상상을 펼쳐 볼 뿐이지만 적어도 실용 방면의 발명이 독창적인 방향을 밟아 왔더라면 의식주 양식은 물론, 더 나아가 우리의 정치나 종교, 예술이나 산업 등의 형태에도 광범위한 영향을 미치지 않았을 리 없다. 이를테면 동양은 동양대로 별개의 세상을 개척했으리라고 쉽게 추측할 수 있다는 말이다. 비근한 예로, 내가 일찍이 《문예춘추》에 만년필과 붓을 비교한 글을 기고한 바 있는데, 가령 만년필이라는 물건을 옛 일본인이나 중국인이 고안했더라면 반드시 그 끝을 펜이 아니라 붓으로 하였을 터다. 그리고 잉크로는 흔히 쓰는 파란색이 아니라 먹물에 가까운 액체를 쓰고, 만년필 심대에서 털 쪽으로 스며 나오게끔 고안했으리라고 본다. 그러면 종이도 서양 종이 재질이어서는 불편하니까 대량 생산으로 제조하더라도 일본 종이와 유사한 지질의 개량 반지[197]가 우선적으로 요구되었으리라. 종이나 먹물, 붓이 그런 식으로 발달했다면 펜이나 잉크가 오늘날처럼 유행하게 될 일은 없었을 테고, 따라서 로마자론[198]이 세력을 떨치는 일 또한 불가능하며 한자나 가나 문자[199]에 대한 일반의 애착도 강했을 것이다. 아니 그뿐만 아니라, 우리의 사상이나 문학조차도 이렇게까지 서양을 모방하지 않고 좀 더 독창적인 신천지로 힘차게 나아갔을지 모른다. 이렇게 생각하면, 사소한 문방구더라도 그 영향은 한없이 크다.

이런 생각은 소설가나 하는 공상이고, 이미 오늘날과 같은 상황이 되어 버린 이상 거꾸로 돌아가서 다시 한 번 고칠 수는 없는 노릇임을 잘 알고 있다. 그러니까 내 말은 불가능한 일을 소망하면서 늘어놓는 푸념에 지나지 않지만, 푸념은 푸념대로, 우리가 서양인에 비하여 얼마나 손해를 보고 있는지 한번 생각해 보아도 지장이 없지 않겠는가. 한마디로 서양은 자신들의 순리를 따르다가 현재에 도달했으며, 우리는 우수한 문명과 맞닥뜨려 그것을 받아들일 수밖에 없었지만, 끝내 과거 수천 년 동안 이루어 온 진로랑은 다른 방

197　改良半紙. 삼지닥나무의 껍질을 바래도록 가공하여 만든 반지로 희고 얇으며, 결이 고운 것이 특징이다.

198　한자를 폐지하고 일본어의 주된 표기를 로마자로 해야 한다는 주장으로, 메이지 2년(1869)에 난부 요시카즈(南部義籌, 1840~1917)에 의해 제창되었다.

199　仮名文字. 한자를 바탕으로 일본에서 표기 용도로 만든 문자로, 표음 문자의 일종이다. 일반적으로 히라가나(平仮名)와 가타카나(片仮名)를 가리킨다.

향으로 발을 내딛게 되었다는 말이다. 거기에서 여러 가지 하자와 불편이 발생한다. 하긴 우리를 내버려 두었다면 오백 년 전이나 지금이나 물질적으로는 그다지 진전하지 않았을지도 모른다. 실제로 지금 중국이나 인도의 시골에 가 보면, 부처님이나 공자님의 시대와 별반 다르지 않은 생활을 하고 있을 법도 하다. 하지만 그렇더라도 자신들의 본성에 맞는 방향만큼은 취했을 것이다. 그리고 완만하기는 해도 어느 정도씩은 계속 진보하여 언젠가는 오늘날의 전차나 비행기, 라디오를 대신할 무엇, 다른 이에게 빌리는 일 없이 진정으로 우리 사정에 맞는 문명의 이기를 발견하는 날이 오지 않았으리라고 단정할 수 없다. 요컨대 영화를 보아도 미국 영화, 프랑스나 독일의 영화는 음예(陰翳)나 색조의 방식부터 다르다. 연기나 각색은 제쳐 두고 영사된 화면만으로도 어딘가 국민성의 차이가 드러난다. 동일한 기계나 약품, 필름을 쓴다 한들 역시 다르기 때문에 만약 우리에게 고유의 영사 기술이 있었다면 얼마나 우리의 피부나 용모, 기후와 풍토에 적합하였을까? 축음기나 라디오 또한 만약 우리가 발명했더라면, 좀 더 우리의 목소리나 음악의 특징을 살릴 수 있는 물건이 나왔을 터다. 원래 우리 음악은 수선스럽지 않고 조심스러우며 느낌을 중시하기 때문에 레코드로 만들거나 확성기로 크게 증폭해 버리면 대부분의 매력을 잃는다. 우리는 화술(話術) 또한 목소리가 작고 말수도 적은 데다 무엇보다 '틈'이 중요한데, 기계로 재생하면 그런 '틈'이 완전히 죽어 버리고 만다. 그래서 우리는 기계에 영합할 수 있도록 도리어 우리의 예술 자체를 일그러뜨려 간다. 서양인들로서는 본디 자신들끼리 발달시켜 온 기계이므로 그들 예술에 알맞게 만들어졌음은 당연한 일이다. 이러한 측면에서 우리는 실로 여러모로 손해를 보고 있다.

중국인이 종이를 발명했다고들 말한다. 우리는 서양 종이를 대하면 단순히 실용품이라는 점 외에는 아무런 감정도 일어나지 않지만, 당지[200]나 일본 종이의 결을 보고 있노라면 일종의 따스함을 느끼고 마음이 진정된다. 같은 흰 종이라도 서양 종이의 흰색과 봉서[201]나 백당지(白唐紙)의 흰색은 다르다. 서양 종이의 표면은 광선을 튕겨 낼 듯하지만, 봉서나 당지의 표면은 보드라운 첫눈처럼 폭신하게 광선을 지그시 빨아들인다. 그리고 손에 닿는 감촉이 보들보들하며 꺾거나 접어도 소리가 나지 않는다. 이는 나뭇잎을 만질 때처럼 고요하고 차분하다. 본디 우리는 번쩍번쩍 빛나는 물건을 보면 마음이 산란해진다. 서양인은 식기도 은이나 강철, 니켈을 써서 번쩍번쩍 빛나게끔 윤을 내는데 우리는 그런 식으로 반짝이는 것을 싫어한다. 우리도 주전자나 술잔, 술병 따위에 은제품을 쓰는 경우가 있기는 하지만 그런 식으로 윤을 내지는 않는다. 오히려 표면 광택이 사라지고 오래되어 낡아서 거무스름하게 그을어 가는 것을 좋아하며, 소양이 없는 하녀가 모처럼 녹슨 은그릇을 반짝거리게 윤을 냈다가 주인에게 꾸중을 듣는 일은 어느 가정에서

---

200 唐紙. 주로 장지용으로 쓰이며 금물이나 은물 무늬를 넣은 종이.
201 奉書. 닥나무로 만든 고급 종이.

나 일어난다. 요즘 중국요리의 식기는 일반적으로 주석으로 된 것을 사용하는데, 아마도 중국인은 고색(古色)을 띠어가는 그릇을 즐기는 모양이다. 새것일 때는 알루미늄과 비슷하여 그다지 좋지 못하기에, 중국인은 그런 식으로 세월을 입혀 고상한 맛이 나도록 하지 않고서는 견디지 못한다. 그리고 표면에 새겨 놓은 시구절 따위도 표면이 거무스름해짐에 따라 잘 어우러져 간다. 즉 중국인의 손이 닿으면, 경박하게 번쩍이는 주석이 붉은 진흙 자기처럼 깊이 있고 차분한, 무게 있는 물건이 된다는 말이다. 또한 중국인은 옥이라는 보석을 사랑하는데, 그 묘하게 살짝 탁하면서 몇백 년의 창연한 공기가 하나로 응집된 듯이 안쪽 깊은 곳까지 흐리멍덩한 빛을 머금은 돌덩이에 매력을 느끼는 이들은 우리 동양인뿐이지 않을까. 루비나 에메랄드처럼 색채를 지니지도 않고, 다이아몬드 같은 광채가 있지도 않은데, 어째서 이런 보석에 애착을 느끼는지 우리로서도 잘 알 수 없지만, 그 흐리멍덩한 표면을 보노라면 그야말로 중국의 보석다운 느낌이 든다. 또 오랜 역사를 지닌 중국 문명의 앙금이 저 두터운 불투명함 속에 퇴적되어 있는 듯하다는 생각마저 들면서, 중국인이 그런 색채나 물질에 애착을 느낀다는 점만큼은 쉬이 수긍이 된다. 수정도 근래에는 칠레에서 많이 수입되는데, 일본의 수정과 비교하면 칠레의 것은 너무 지나치게 투명하다. 예로부터 고슈[202]산 수정은 투명한 와중에도 전체적으로 희미한 불투명함이 깃들어 있어서 좀 더 무

---

202 甲州. 일본 야마나시현(山梨県) 북동부에 위치한 지역.

게 있는 느낌이 들고, 구사이리 수정[203]처럼 안쪽에 불투명한 고형물이 섞여 들어간 것을 우리는 오히려 좋아한다. 유리조차도 중국인이 제작한 건륭 유리[204]는 유리라기보다는 옥이나 마노에 가깝지 않은가. 수정 제조술은 일찍부터 동양에도 알려졌지만, 서양처럼 발달하지 못한 채 끝나 버리고 도자기 분야가 진보한 원인은 우리 국민성과 상당히 관계가 있음에 틀림없다. 우리가 번쩍이는 것을 죄다 싫어한다고는 할 수 없지만 옅고 산뜻한 것보다 차분한 어두움이 어린 것을 좋아한다. 그것은 천연석이든 인공 그릇이든 반드시 세월의 광택을 연상시키는 탁함을 띤 빛깔이다. 하긴 세월의 광택이라 하면 좋게 들리는데, 사실을 말하자면 손때의 광택이다. 중국에 있는 '쇼우쩌(手沢)'라는 말과 일본의 '나레(なれ)'라는 말은 긴 세월 동안 같은 곳에 사람의 손이 닿아 반들반들 어루만지는 동안에 자연히 기름이 스며드는, 그런 광택을 가리키는 말일 테니 바꾸어 말하면 손때에 다름 아니다. 그렇다면 '풍류란 모름지기 추운 것'인 동시에 '지저분한 것'이라는 경구도 성립한다. 어쨌든 우리가 좋아하는 '아취'라는 개념 안에 얼마간의 불결함 내지는 비위생적인 분자가 있음을 부정할 수 없다. 서양인은 때를 모조리 들춰내어 없애려 하는데 오히려 동양인은 그것을 소중히 보존하여 그대로 미화한다고 하면 어떨까. 뭐 억지를 부린다

---

203 草入り水晶. 다른 광물이 섞여서 마치 광석 안에 풀이 들어가 있는 듯 보이는 수정.

204 중국 청나라 시대에 만들어진 유리 제품으로, 특히 건륭(乾隆) 시기에 발달하였기 때문에 이 같은 명칭으로 불린다.

면 부린다고 할 수 있겠지만, 숙명적으로 우리는 인간의 때나 그을음이나 비바람의 더러움이 묻은 것, 또는 그것을 떠올리게 하는 색조나 광택을 사랑하며 그러한 건물이나 물건 속에서 살고 있자면 기묘하게 마음이 평온해지고 신경이 편안해진다. 그래서 나는 항상 생각하기를, 병원의 벽 색깔이나 수술복, 의료 기기 따위도 일본인을 상대하는 이상 그렇게 번쩍번쩍하거나 새하얀 것만을 늘어놓아서는 안 되며 좀 더 어둡게, 부드러움을 더하면 어떨까. 만약 병실 내부가 모래로 바른 벽 같고 일본 가옥의 다다미 위에 누워서 치료를 받는다면 환자의 흥분도 분명히 가라앉을 터다. 우리가 치과를 꺼리는 이유는 첫째로 으드득으드득하는 소리 때문이기도 하지만, 한편으로는 유리나 금속제의 번쩍이는 물건이 너무 많아서 겁이 나기 때문이기도 하다. 나는 신경 쇠약이 심했을 때 최신식 설비를 차려 놓은, 미국에서 유학한 의사라고 하면 오히려 무서워서 떨고는 했다. 차라리 시골 소도시에나 있을 법한 옛날식 일본 가옥에 수술실을 설치하고, 시대에 뒤떨어진 듯 진료하는 치과 의사에게 기꺼이 가곤 했다. 물론 고색창연한 의료 기기를 쓰는 것도 곤란하기는 하지만, 만약 근대 의술이 일본에서 성립하였다면 환자를 다루는 설비나 기계도 어떻게든 일본 가옥과 조화하도록 고려되었을 터다. 이 또한 우리가 빌려 왔기 때문에 손해를 보는 하나의 예다.

교토에 와란지야(わらんじや)라는 유명한 요릿집이 있는데 이 집에서는 최근까지 객실에 전등을 켜지 않고 고풍

스러운 촛대를 사용하였다. 그것이 하나의 명물이었는데, 올봄 오랜만에 가 보니 어느샌가 사방등식 전등을 쓰고 있었다. 언제부터 이렇게 하고 있느냐고 묻자, 촛불로는 너무 어둡다고 하시는 손님이 많아서 작년부터 어쩔 수 없이 이렇게 했는데 역시 예전대로가 좋다고 말씀하시는 분께는 촛대를 가져다 드린다고 한다. 그래서 어쨌든 그것을 기대하고 왔으니 촛대로 바꿔 달라고 하였는데, 그때 일본 칠기의 아름다움은 그런 어슴푸레하고 희미한 빛 속에 놓여야만 비로소 진가를 발휘한다고 느꼈다. '와란지야'의 객실은 다다미 네 장 반 정도의 아담한 다실로, 도코노마[205]의 장식 기둥이나 천장 등도 거무스름한 윤기를 띠며 빛나기 때문에 사방등식 전등이라도 당연히 어두운 느낌이 난다. 그렇지만 그것을 한층 어두운 촛대로 바꾸어서 그 불빛 끝자락의 흔들흔들 깜빡이는 그림자 안에 놓인 밥상이나 밥그릇을 바라보노라면, 그 칠기들의 늪 같은 깊이와 두터움을 지닌 광택이 여느 때와 전혀 다른 매력을 발산함을 발견한다. 그리고 우리들의 선조가 옻이라는 도료를 발견하여 그것을 칠한 그릇의 색과 광택에 애착을 느꼈음이 우연이 아님을 깨닫게 된다. 친구인 사바르왈이 말하기를, 인도에서는 지금도 식기로 도기를 사용하는 일을 경멸하여 대부분 칠기를 쓴다고 한다. 우리는 그와 반대로 다도나 의식의 경우가 아니면 밥상이나 국그릇 외에는 거의 도기만을 쓰고, 칠

---

205 床の間. 일본식 가옥의 거실 한쪽에 바닥을 약간 높게 만들어 족자, 꽃 등의 장식물로 꾸민 장소를 말한다.

기라 하면 촌스럽고 우아하지 못하다고 여기게 되어 버렸는데, 이는 한편으로 채광이나 조명 설비가 가져온 '밝음' 때문이 아닐까. 사실 '어둠'을 고려하지 않으면 칠기의 아름다움은 감히 생각할 수 없다고 해도 과언이 아니다. 오늘날에는 흰색 칠기도 생겼지만 예로부터 칠기의 표면은 검은색이나 갈색, 붉은색으로, 이는 여러 겹의 '어둠'이 퇴적한 색이며 주위를 에워싼 암흑의 안쪽으로부터 필연적으로 탄생하였다. 화려한 마키에 장식을 입히고 반짝반짝 빛나는 납을 바른 작은 상자나 책상, 선반 등을 보면 지나치게 현란하여 안정감이 없고 저속하다는 느낌마저 드는데, 이들 그릇을 둘러싼 공백을 새카만 어둠으로 빈틈없이 칠하고 태양이나 전등의 광선을 등불이나 촛불 하나의 빛으로 바꿔 보라. 갑자기 그 현란함이 저 바닥 깊이 가라앉아 수수하고 무게 있는 물건으로 바뀔 것이다. 옛 공예가가 이들 그릇에 칠을 바르고 마키에를 그렸을 때는 반드시 이런 어두운 방을 염두에 두고 부족한 빛 속에 놓아 두는 효과를 노렸음에 틀림없으며, 금빛을 아낌없이 사용한 이유도 그것이 어둠 속에서 떠오를 상태나 등불을 반사하는 정도를 고려했기 때문이라 여겨진다. 즉 금박 마키에는 밝은 곳에서 전체를 한번에 주욱 보기보다는 어두운 곳에서 여러 부분이 때때로 조금씩 그윽하게 빛나는 모양을 감상하게끔 만들어졌다. 호화찬란한 문양의 대부분이 어둠에 감추어져 있다는 점이 이루 형용할 수 없는 여운을 불러일으킨다. 그리고 그 반짝반짝 빛나는 표면의 광택도 어두운 곳에 놓고 보면, 그 광택이 등불 끝의 흔들림을 비추어 고요한 방에도 이따금 바람이 찾아온다는 사실을 가르쳐 주어서 공연스레 사람을 명상으로 끌어들인다. 만약 그 음울한 방 안에 칠기가 없었다면 촛불이나 등불이 빚어내는 신비로운 빛의 꿈나라가, 그 등불의 펄럭임이 두드리는 밤의 맥박이 얼마나 매력을 감쇄하였겠는가. 이는 그야말로 다다미 위에 몇 줄기 작은 시냇물이 흐르고 연못 물이 가득 담겨 있는 양 하나의 등불 그림자를 이곳저곳에 붙잡아 가늘고 어슴푸레하게 깜빡깜빡 전달하면서, 밤 자체에 마키에를 칠한 듯한 비단을 직조한다. 어쩌면 식기로서는 도기도 나쁘지 않겠으나 도기에는 칠기와 같은 음예가 없고 깊이가 없다. 도기는 손을 대면 무겁고 차가우며 열을 빨리 전달하므로 뜨거운 것을 담기에 불편하고 달그락달그락 소리가 나지만, 칠기는 손에 닿는 감촉이 가볍고 부드러우며 귀를 자극할 만한 소리를 내지 않는다. 나는 국그릇을 손에 들었을 때 손바닥이 받는 국물의 묵직한 감각과 뜨뜻미지근한 온기를 무엇보다 좋아한다. 그것은 갓 태어난 아기의 보동보동한 육체를 떠받친 것 같은 느낌이기도 하다. 지금도 국그릇으로 칠기가 쓰이는 데에는 마땅한 이유가 있고, 도기로는 대체할 수가 없다. 첫째로 뚜껑을 열었을 때 도기라면 안에 있는 국물의 내용물이나 색이 전부 보이고 만다. 칠기 그릇의 이점은 먼저 뚜껑을 열어 입으로 가져갈 때까지, 그사이 내내 어둡고 깊숙한 바닥 쪽에 용기의 색과 거의 다르지 않은 액체가 소리도 없이 가라앉아 있음을 바라보는 순간의 기분이다. 그릇 안의 어둠에 무엇이 있는지 분별할 수는 없어도 국이 잔잔하게 동요하는 것을 손 위에서 느끼며, 국그릇 테두리에 살짝 땀이 맺혀 있기 때문에 거기서 김이 피어오른다는 사실을 깨닫고, 그 김이 실어 나르는 냄새에 의해 입에 채 머금기도 전에 어렴풋이 맛을 예감한다. 그 순간의 기분이란 수프를 살짝 빛바랜 흰 접시에 담아내는 서양식과 얼마나 다른가. 이 또한 일종의 신비이며 선미(禪味)라고 하지 않을 수가 없다.

　　나는 국그릇을 앞에 두고, 그릇이 귓속에 스며들듯 미미하게 지잉 하고 우는, 그 먼 벌레 울음소리 같은 것을 들으면서 이제부터 먹을 음식의 맛을 깊이 생각할 때 항상 삼매경에 빠져든다. 다도인은 물 끓는 소리에 산꼭대기의 송풍[206]을 연상하면서 무아지경에 빠진다는데, 아마 이와 비슷한 기분일 터다. 일본 요리는 먹기보다 보아야 한다고들 하는데, 이런 경우 나는 보는 것 이상으로 명상하는 것이라 하겠다. 그리고 이는 어둠 속에 깜빡이는 촛불의 빛과 칠기가 합주하는 무언의 음악 작용이다. 일찍이 소세키 선생님은 『풀베개(草枕)』[207]에서 양갱의 색을 찬미하신 적이 있는데, 그러고 보니 그 색 또한 명상적이지 않은가. 옥처럼 반투명하게 흐릿한 표면이 안쪽까지 햇빛을 빨아들여 꿈꾸는 듯 아련한 밝음을 머금은 느낌, 그 빛깔의 깊이와 복잡 미묘함은 서양과자에서는 절대로 볼 수 없다. 이에 비하면 크림 따위는 이루 말할 수 없이 천박하고 단순하다. 이런 양갱의 빛

206　松風. 문자 그대로 '소나무에 부는 바람'이라는 뜻이나 다도에서는 차 끓는 소리를 가리키기도 한다.

207　1906년, 잡지 《신소설》에 발표한 나쓰메 소세키의 소설.

깔도 칠기로 된 과자 그릇에 담아 표면의 색을 간신히 분간할 수 있는 정도의 어둠에 가라앉히면 한결 더 명상적인 상태가 된다. 사람도 차갑고 반질반질한 양갱을 입속에 머금었을 때, 흡사 실내의 암흑이 하나의 달콤한 덩어리가 되어 혀끝에서 녹아내림을 느끼고, 실은 그다지 맛있지 않은 양갱일지라도 그 맛에 기이한 깊이가 더해지는 듯한 느낌을 받는다. 생각하건대 요리의 빛깔은 어느 나라인들 식기의 색이나 벽의 색조와 조화하도록 고안되었을 텐데, 역시 일본 요리를 밝은 곳에서 희부연 그릇에 먹어서는 확실히 식욕이 반감한다. 예컨대 우리가 매일 아침 먹는 적갈색 된장국만 해도 그 색을 생각하면 옛날의 어두침침한 집 안에서 발달했음을 알 수 있다. 나는 어떤 다화회에 불려 가서 된장국을 대접받은 적이 있는데, 항상 아무렇지도 않게 먹었던 그 걸쭉한 적토색 국물이 어렴풋한 촛불 아래 검은 칠을 한 국그릇에 담겨 있는 모양을 보니 실로 깊이가 있고 맛있어 보이는 색을 띠고 있었다. 간장 또한 간사이 지역[208]에서는 생선회나 절임, 나물에는 진한 맛의 '다마리' 간장을 쓰는데, 그 끈적끈적하고 윤기 있는 국물을 보노라니 얼마나 음예가 풍부하고, 어둠과 조화를 이루었던가. 또 흰 된장이나 두부, 가마보코[209], 참마즙 장국 또는 흰 살 생선회처럼 겉면이 흰 음식들도 주위를 밝게 해서는 색이 돋보이지 않는다.

---

208 교토, 오사카 부근을 일컫는 말로, 글쓴이는 이 지역을 가리키는 예스러운 말인 가미가타(上方)라는 단어를 사용하였으나 익히 알려진 표현으로 대체하였다.

209 흰 살 생선을 잘게 갈아 밀가루를 섞어 반죽한 어묵과 비슷한 음식.

우선 밥부터가 번쩍번쩍 검은 칠을 한 밥통에 담겨 어두운 곳에 놓여 있는 편이 보기에도 아름답고 식욕도 자극한다. 그 갓 지은 새하얀 밥이, 확 열린 뚜껑 밑에서 따뜻해 보이는 김을 내뿜으며 검은 그릇에 수북이 담긴 채 낱알 하나하나가 진주처럼 빛나고 있는 모양을 볼 때, 일본인이라면 누구나 쌀밥의 고마움을 느끼리라. 이 같은 생각에까지 미치면 우리 요리가 언제나 음예를 바탕으로 하여 어둠과 끊으려 해도 끊을 수 없는 관계에 있다는 사실을 깨닫게 된다.

나는 건축에 관해서는 완전히 문외한인데, 서양 고딕 건축의 아름다움은 높디높아 뾰족한 지붕, 그 하늘을 향해 솟아오르려 하는 끝부분에 존재한다고들 한다. 반면 가람[210]은 건물 위에 먼저 큰 기와지붕을 얹고, 그 차양이 만들어 내는 깊고 넓은 그늘 속으로 전체 구조를 집어넣어 버린다. 사원뿐만 아니라 궁궐, 서민의 주택에서도 밖에서 봤을 때 가장 눈에 띄는 부분은 어떤 경우에는 기와지붕, 다른 경우에는 띠로 이은 큰 지붕과 그 차양 아래를 떠도는 짙은 어둠이다. 아무리 대낮이라 할지라도 처마 밑으로는 동굴 같은 어둠이 돌아다니고 있고, 출입구도 문도 벽도 기둥도 거의 보이지 않는 경우마저 있다. 지온인[211]이나 혼간지[212] 같은 굉장한 건축물도 물론이지만, 외딴 시골 농가라 해도 마찬가

---

210 伽藍. 승려가 살면서 불도를 닦는 곳. 절. 사원.

211 知恩院. 교토에 있는 정토종의 총본산인 사찰의 이름.

212 本願寺. 일본 각지에 같은 이름의 사찰이 존재하나, 일반적으로는 교토에 있는 정토진종의 본산을 가리킨다.

지여서 옛날 건축의 대부분은 처마 아래와 처마 위 지붕 부분을 비교해 보면, 적어도 눈으로 보기에는 지붕 쪽이 산더미처럼 무겁고 면적이 크게 느껴진다. 이처럼 우리가 주거를 꾸리기 위해서는 무엇보다도 지붕이라는 우산을 펼치고 대지에 일곽(一廓)의 그늘을 드리워서 그 어스레한 음예 안에 집을 짓는다. 물론 서양 가옥에도 지붕이 없지는 않으나 그것은 햇볕을 가리기보다는 비와 이슬을 피하기 위함이 주된 목적이기 때문에, 되도록 그늘지지 않게 하여 내부에 조금이라도 환한 빛이 많이 들도록 한다는 점은 외형만 보아도 금세 수긍이 간다. 일본의 지붕을 우산이라 한다면 서양의 지붕은 모자에 불과하다. 게다가 사냥 모자처럼 가능한 한 차양을 작게 만들어 직사광선을 처마 끝으로 바짝 받는다. 어쩌면 일본 집의 차양이 긴 이유는 기후, 풍토나 건축 재료, 그 밖의 여러 요소와 관계가 있으리라. 가령 벽돌이나 유리나 시멘트 같은 것을 쓰지 않기 때문에 옆으로 들이치는 비바람을 막기 위해서는 차양을 깊게 할 필요가 있었으리라. 일본인이라 하더라도 틀림없이 어두운 방보다는 밝은 방을 편리하게 여겼을 터라 아무래도 어쩔 수 없이 그렇게 되었을 듯하다. 그러나 아름다움은 항상 생활의 실제로부터 발달하므로, 어두운 방에서 살 수밖에 없었던 우리들 선조는 어느새 음예 안에서 아름다움을 발견하였고 얼마 지나지 않아 아름다움의 목적에 맞도록 음예를 이용하기에 이르렀다. 사실 일본식 다다미방의 아름다움은 전적으로 음예의 농담(濃淡)에 의해 탄생할 따름이다. 서양인이 일본식 방을 보면 그 간소함에 놀라고, 단지 회색 벽만 있을 뿐 아무런 장식이 없다고 느끼더라도 그들로서는 정말 당연한 일이지만, 이는 음예의 수수께끼를 풀지 못했기 때문이다. 우리는 그러지 않아도 태양 광선이 들기 어려운 다다미방 바깥쪽으로 도리어 긴 차양을 내거나 툇마루를 붙이거나 하여 한층 더 햇볕을 멀리한다. 그리고 실내로는 정원에서 반사되어 드는 빛이 장지를 통과하여 어렴풋한 밝기로 몰래 스미도록 한다. 우리 다다미방의 미적 요소는 바로 이 간접적이고 둔한 광선인 셈이다. 우리는 이 힘없고 처량한, 무상한 광선이 조용하고 차분하게 다다미방의 벽으로 스며들게끔 일부러 채도가 약한 색이 나오도록 모래벽을 바른다. 흙벽으로 된 광이나 부엌, 복도 같은 곳에 칠을 할 때는 윤을 내지만, 다다미방의 벽은 대부분 모래벽으로 좀처럼 광을 내지 않는다. 만약 광을 내 버리면 모자란 광선의 부드럽고 약한 맛이 사라진다. 우리는 어디까지나 보기에도 빈약한 바깥 광선이 황혼 빛깔의 벽면에 겨우 달라붙어서 간신히 남은 숨을 붙들고 있는, 그 섬세한 밝음을 즐긴다. 우리에게는 이 벽 위의 밝음 혹은 어슴푸레함이 어떤 장식보다도 나으며, 진실로 보기에 싫증이 나지 않는다. 그러므로 모래벽이 그 어슴푸레한 밝음을 흐트리지 않도록 오로지 무늬 없는 단색으로 칠해졌음은 당연하며, 다다미방마다 바탕색은 조금씩 다르지만 그 차이란 얼마나 미미하던가. 이는 색의 차이라기보다는 아주 미미한 농담의 차이, 보는 사람의 기분에 따른 차이 정도에 지나지 않는다. 또 벽 색깔의 어렴풋한 차이에 따라 각 방의 음예가 얼마간 다른 색조를 띤다. 하긴 우리의 다다미방에는 도코노마가 있어서 족자를 걸거나 꽃을 장식하는데, 그것들 또한 장식의 역할을 한다기보다는 음예에 깊이를 더하는 기능을 지닐 뿐이다. 우리는 족자를 하나거는 데도 그것과 도코노마 벽의 조화, 즉 '배색'을 무엇보다 귀중히 여긴다. 우리가 표구를, 족자의 내용을 이루는 글이나 그림의 교졸(巧拙)과 동등하게 중히 여기는 까닭도 실은 그 때문으로, 도코노마와 배색이 좋지 못하면 어떠한 명서화(名書畵)도 족자로서의 가치를 잃는다. 그와 반대로 하나의 독립된 작품으로서는 그다지 걸작도 아닌 듯한 서화가 다실에 걸고 보면 그 방과 조화를 대단히 잘 이루어 족자도 방도 갑자기 돋보이는 경우가 있다. 그러한 서화, 그 자신으로서는 각별하지도 않은 족자의 어느 구석이 다실과 조화를 이루는가 하면, 바로 그 바탕 종이, 먹색이나 표구 헝겊이 지니는 예스러운 느낌이다. 그 예스러움이 도코노마나 다다미방의 어두움과 적절하게 조화를 이룬다. 우리는 곧잘 교토나 나라의 유명한 사찰을 방문하여 그 절의 보물이라 불리는 족자가 깊숙한 대서원의 도코노마에 걸려 있는 모습을 보게 되는데, 그런 도코노마는 대개 낮에도 어둑어둑해서 무늬 따위는 분간할 수 없고, 단지 안내인의 설명을 들으며 사라져 가는 먹색의 흔적을 좇으면서, 아마도 훌륭한 그림일 테지, 하고 상상할 뿐이다. 그러나 그 부예진 낡은 그림과 어두운 도코노마의 배합이 참으로 딱 들어맞기 때문에 무늬가 선명하지 못하다는 점 따위는 조금도 문제시되지 않을 뿐 아니라, 오히려 그 정도의 어슴푸레함이 딱 적당하다고까지 느껴진다. 이 경우에 그림은 불안정하고 약한 빛을 받아 내기 위한 하나의 그윽한 '면(面)'에 지나지 않으며, 모래벽과 완전히 같은 작용을 한다. 우리가 족자를 고를 때 시대나 예스러운 '아취'를 귀하게 여기는 까닭이 여기에 있으며, 새 그림은 수묵이나 담채화라도 어지간히 신중하지 않으면 도코노마의 음예를 깨트린다.

만약 일본 다다미방을 하나의 묵화에 비유한다면, 장지는 먹색이 가장 옅은 부분이고 도코노마는 가장 짙은 부분이다. 나는 아취가 느껴지도록 공들인 다다미방의 도코노마를 볼 때마다 일본인이 얼마나 음예의 비밀을 이해하고 빛과 그늘을 적절히 잘 가려 쓰는지 그 교묘함에 감탄한다. 거기에는 이렇다 할 특별한 장식조차 하나 없기 때문이다. 단지 청초한 목재와 벽을 가지고 하나의 움푹 꺼진 공간을 나누어, 그곳에 끌어넣은 빛으로 푹 파인 곳 여기저기에 몽롱한 모퉁이를 만들어 낸다. 그럼에도 불구하고 우리는 가로대 뒤쪽이나 꽃병 주위, 지가이다나[213] 아래쪽 따위를 떠도는 어둠을 바라보며, 그것이 아무것도 아닌 그늘임을 알면서도 그곳의 공기만 착 가라앉아 있는 것 같은, 영겁불변의 한적함이 그 어둠을 영유하고 있는 듯한 감명을 받는다. 생각하건대 서양인이 말하는 '동양의 신비'란 이러한 어둠이 지닌 음침한 고요함을 가리키는 것이리라. 우리도 소년 시절에는 햇빛이 들지 않는 다실이나 서원 도코노마의 안쪽을 쳐다보면서 말 못 할 두려움과 한기를 느끼지 않았

---

213 違い棚. 주로 도코노마에 설치하는 선반으로 두 개의 판자를 아래, 위로 어긋나게 매단 것이 특징이다.

던가. 그 신비의 열쇠는 어디에 있는가. 내막을 밝히자면 필시 그것은 음예의 마법으로, 만약 구석구석에 만들어진 그늘을 쫓아내 버리면 도코노마는 돌연 평범한 공백으로 돌아가 버린다. 우리 선조의 천재성은 허무한 공간을 임의로 차단하여 저절로 생기는 음예의 세계에 어떠한 벽화나 장식보다 뛰어난 그윽한 느낌을 지니게 한 데에 있다. 이는 간단한 기교 같지만 실은 좀처럼 쉽지 않다. 예를 들어 도코노마 한쪽에 창을 내는 법, 위아래 가로대의 깊이와 높이 등 하나하나 눈에 띄지 않게 고심했음을 짐작하기 어렵지 않은데, 그중에서도 서원 장지의 하얗고 희붐한 밝음을 보노라면 나도 모르게 그 앞에 멈춰 서서 시간의 흐름을 잊어버리고 만다. 원래 서원이라는 이름이 드러내듯이 원래는 책을 읽기 위해 설치한 창인데 어느샌가 도코노마의 채광창이 되었고, 대개 이는 채광창이라기보다는 오히려 측면에서 비춰 드는 바깥 햇빛을 우선 장지 종이로 여과하여 적당히 약화해 주는 역할을 한다. 그 장지 뒤로 비추는 역광의 빛은 얼마나 으스스하고 쓸쓸한 색을 띠는가. 차양을 빠져나가 복도를 지나서 의기양양하게 거기까지 도달한 정원의 햇빛은 이미 사물을 비출 힘도 잃고 혈기를 상실한 듯 그저 장지 종이의 색을 환히 돋보이게 할 따름이다. 나는 종종 그 장지 앞에 잠시 멈춰 서서 밝지만 조금도 눈부심을 느낄 수 없는 지면을 쳐다보는데, 거대한 가람 건축물의 다다미방은 아무래도 정원과 거리가 멀기 때문에 더욱더 광선이 약해져서 춘하추동의 변화에도, 맑은 날도 흐린 날도, 아침에도 점심에도 저녁에도, 그 어렴풋한 흰빛에는 거의 변함이 없다. 그리고 빽빽하게 짠 장지 문살의 각 칸에 생긴 구석진 부분이, 마치 먼지가 쌓인 것처럼 영구히 종이에 스며들어 언제까지고 움직이지 않으려나 하는 의심이 든다. 그럴 때마다 나는 그 꿈같은 밝음을 수상하게 여기면서 눈을 깜빡인다. 뭔가 눈앞에 아물아물 아른거려서 시력을 무뎌지게 하는 듯한 느낌이다. 이는 그 어렴풋한 흰색 종이의 반사가 도코노마의 짙은 어둠을 쫓아내기에는 역부족이라 도리어 어둠에 튕겨 나오면서 명암을 구별할 수 없는 혼미한 세계를 드러내기 때문이다. 여러분은 그러한 다다미방에 들어갔을 때, 그 방에 떠도는 광선이 보통의 광선과는 다른 듯한, 마치 특별한 고마움이 담긴 진중한 빛인 듯한 기분을 느낀 적 없었는가. 또는 그 방에 있으면 시간의 흐름을 알 수 없게 되어서 나도 모르는 사이에 세월이 흘러 방을 나왔을 때에는 벌써 백발노인이 되어 있지나 않을까 하는, '유구(悠久)'에 대한 일종의 두려움을 느낀 적은 없었는가.

여러분은 그런 커다란 건물 안쪽 깊숙이 자리한 방에 가서, 그야말로 바깥 빛이 전혀 들지 않는 어둠 속에 금을 입힌 맹장지나 금병풍이 몇 칸 정도 떨어진 멀고도 먼 정원 광채의 끝을 붙들고 꿈처럼 몽롱하게 빛을 반사하는 광경을 본 적 있는가. 그 반사광은 해 질 녘의 지평선처럼 주변 어둠에 실로 미약한 금빛을 던지는데, 황금이 그토록 침통한 아름다움을 드러내는 때는 또 없다. 그리고 그 앞을 지나가면서 몇 번이고 뒤돌아 다시 쳐다본 적이 있는데, 정면에서 측면 쪽으로 걸음을 옮김에 따라 금 바탕의 종이 표면이 천천히, 크고 그윽하게 빛난다. 결코 깜빡깜빡 분주하게 반짝이지 않고 거인이 얼굴색을 바꿀 때처럼, 번쩍하고 긴 간격을 두고 빛난다. 때로는 방금까지 잠들어 있던 듯 둔탁하게 빛을 반사하는 나시지[214]의 금이 측면으로 돌아서면 불타오르듯이 빛난다. 이렇게나 어두운 곳에서 어떻게 이만큼의 광선을 모을 수 있는지 신기하다. 이런 계기로 옛사람이 불상을 두거나 귀인이 기거하는 방의 네 벽에 황금을 바른 까닭을 처음으로 납득할 수 있었다. 현대인은 밝은 집에 살고 있으므로 이러한 황금의 아름다움을 알지 못한다. 그러나 어두운 집에 살았던 옛사람들은 그 아름다운 색에 매료되었을 뿐 아니라, 실용적 가치까지도 알았으리라. 왜냐하면 광선이 부족한 실내에서는 그것이 틀림없이 반사판 역할을 했을 테니까. 다시 말해 그들은 단지 호화스러운 장식으로서만 금박이나 금가루를 쓰지 않았고, 반사하는 성질을 이용하여 밝은 빛을 보충하였던 셈이다. 은이나 그 밖의 금속은 광택이 금방 흐려지고 말기에, 오래도록 반짝임을 잃지 않고 실내의 어둠을 비추는 황금이 이상하리만치 귀히 여겨진 이유를 깨달을 수 있다. 나는 앞서 마키에는 어두운 곳에서 보도록 만들어졌다고 말했는데, 이렇게 보면 옛날에 마키에뿐 아니라 직물 따위에도 금실이나 은실을 풍족하게 사용했던 까닭은 근본적으로 같음을 알 수 있다. 승려가 걸치는 금란가사(金襴袈裟) 등이 가장 좋은 예가 아닌가. 오늘날 시가지에 자리한 많은

---

214 梨紙. 마키에 기법 중 하나로 금은 가루를 뿌리고 그 위에 투명한 칠을 더하여 안으로부터 가루가 비쳐 보이도록 하는 것.

사원은 대개 본당을 대중에게 맞추어 밝게 해 두기 때문에
그러한 장소에서는 쓸데없이 요란할 뿐이고, 어떤 고매한 인
품의 고승이 입고 있더라도 좀처럼 고마움을 느낄 수 없는
데, 유서 깊은 절에서 개최하는 옛 법도를 따르는 불사(佛事)
에 참석해 보면 주름투성이 노승의 피부와, 불단 앞 등불의
명멸과, 그 금란의 재질이 얼마나 잘 조화를 이루고, 더 나아
가 장엄한 정취를 더하는지 감히 형언할 수 없다. 그도 그럴
것이 마키에의 경우와 마찬가지로 화려하게 짠 무늬의 대부
분이 어둠에 감추어지고 단지 금실과 은실만이 때때로 조금
씩 빛나기 때문이다. 그리고 이것은 나 혼자만의 느낌일지도
모르지만, 일본인의 피부에 노[215] 의상만큼 잘 어울리는 옷
은 없다. 대부분의 노 의상은 상당히 현란한데, 여기에 금과
은을 풍부하게 사용한다는 사실은 두말할 나위도 없다. 그
의상을 입고 나오는 노 배우는 가부키 배우처럼 얼굴에 하
얀 분가루를 바르지는 않지만 일본인 특유의 불그스름한 갈
색 피부, 혹은 누런빛이 도는 상아색의 민낯이 그렇게 매력
을 발휘하는 순간도 없어서, 나는 항상 노를 보러 갈 때마다
감탄한다. 금사와 은사로 수놓은 평상복 따위도 잘 어울리
지만, 짙은 녹색이나 나무 빛깔의 스오,[216] 스이칸,[217] 가리기

215 일본의 전통 예능 중 하나로 가면극의 일종이다. 매우 양식화된 무대가 특징
     이며 요교쿠(謠曲)에 맞추어, 가면을 쓰고 화려한 의상을 입은 주인공이 노래
     하고 춤추는 것이 주를 이룬다.
216 素襖. 마포(麻布)에 가문(家紋)을 넣은 의복으로, 서민의 평상복이었으나 에
     도 시대에 이르러서는 무사의 예복이 되었다.
217 水干. 소년이 입던 나들이옷의 일종.

누[218] 등의 의상과 흰색 민무늬의 고소데,[219] 오구치[220] 등도 실로 잘 어울린다. 이런 노 의상을 이따금 미소년 배우가 입으면 살결과 생기발랄한 빛을 지닌 볼의 윤기 덕에 한층 돋보여서 여인의 살갗과는 자연히 다른 고혹한 매력을 지니고 있는 듯 보인다. 과연 옛날 다이묘가 총동[221]의 아름다움에 빠지곤 했다는데 바로 이를 두고 하는 말이구나, 하고 납득했다. 가부키 쪽에서도 시대물이나 쇼사고토[222] 의상의 화려함은 노가쿠[223]에 뒤처지지 않고, 성적 매력은 가부키 쪽이 노가쿠보다 훨씬 위라고 여겨지지만, 양쪽을 여러 번 보고, 또 눈에 익숙해지면 사실 그 반대라는 점을 눈치채게 될 터다. 잠깐 보았을 때는 가부키 쪽이 에로틱하고 아름답다는 데 이론(異論)이 없지만, 옛날에야 어찌했든, 서양풍의 조명을 쓰게 된 오늘날의 무대에서는 그 화려한 색채가 걸핏하면 저속함에 빠져서 보기에 싫증이 난다. 의상도 의상이지만 화장도 그렇기 때문에 아름다움 자체가 어디까지나 지어낸 얼굴이다. 따라서 맨 얼굴의 아름다움과 같은 실감

---

218 狩衣. 헤이안 시대 귀족들이 입던 평상복으로, 원래는 사냥할 때 입는 옷이었다.

219 小袖. 깃이 둥글고 통소매가 달린 평상복.

220 大口. 일본의 왕 및 문무백관이 정무를 볼 때 걸치던 정장인 속대(束帶)를 차려입을 때 겉에 입던 하의의 일종.

221 寵童. 옛 일본에서 권세를 지닌 자가 총애하던 동성의 아동을 일컫는 말.

222 所作事. 특수한 표정을 드러내 보이는 춤으로 가부키에서 주로 긴 속요 반주에 맞춰서 춘다.

223 일본의 전통 예능으로, 노와 교겐(狂言), 시키산반(式三番)을 함께 이르는 말이다. 나라 시대에 당나라에서 들어온 산가쿠(散楽)에서 분화한 사루가쿠(猿楽)에서 발전하였다고 여겨진다.

이 수반되지 않는다. 그런데 노가쿠 배우는 얼굴도 옷깃도 손도 본바탕 그대로인 채로 등장한다. 그러니까 용모의 요염함은 그 사람 본래의 것으로 털 하나도 우리를 속이지 않는다. 따라서 노 배우의 경우에, 온나가타나 니마이메[224]의 맨얼굴을 접하더라도 좌중의 흥이 식는 일 따위는 있을 수 없다. 다만 우리는 우리와 같은 색의 피부를 지닌 그들이 일견 어울릴 것 같지도 않은 무가 시대[225]의 화려한 의상을 입었을 때 얼마나 그 안색이 두드러져 보이는지를 절감할 뿐이다. 예전에 나는 「황제」라는 노에서 양귀비로 분한 곤고 이와오[226] 씨를 본 적이 있는데, 소맷부리에서 살짝 보이던 그 손의 아름다움을 지금도 잊지 못한다. 나는 그의 손을 보면서 가끔 무릎 위에 놓인 내 손을 살폈다. 그리고 그의 손이 그토록 아름답게 보이는 까닭은 손목부터 손가락 끝에 이르는 미묘한 손바닥의 움직임, 독특한 기교를 담은 손놀림 때문이기도 하겠지만, 아무리 그렇더라도 그 피부색, 살갗 안쪽에서 발그레한 빛이 비치는 듯한 광택은 어디에서 오는가, 하고 의구심을 품었더랬다. 왜냐하면 그것은 어디까지나 보통 일본인의 손으로, 지금 무릎 위에 둔 내 손과 피부의 윤기만 보자면 전혀 다른 데가 없었기 때문이다. 나는 두

---

224 二枚目. 가부키에서 미남 역할을 맡는 배우.

225 武家時代. 가마쿠라(鎌倉) 시대부터 에도 시대에 이르는 약 680년 동안의 무인(武人) 집권 시기를 가리킨다.

226 金剛巖(1886~1951): 노 배우. 극에서 주인공 역을 맡는 시테카타(シテ方) 중 하나의 유파인 곤고류(金剛流)에 속한다. 교토 출생이며 노 가면이나 의상에도 조예가 깊어서 저서를 남기기도 하였다.

번 세 번 무대 위 곤고 씨의 손과 내 손을 비교해 보았지만, 아무리 비교해 봐도 같은 손이다. 그러나 신기하게도 그 같은 손이 무대에서는 이상하리만치 아름답게 보이고 내 무릎 위에서는 단지 평범한 손으로만 보인다. 이러한 일은 비단 곤고 이와오 씨의 경우뿐만이 아니다. 노에서 의상 밖으로 노출된 육체는 정말 일부분으로 얼굴과 목덜미, 손목부터 손가락 끝까지일 따름이다. 가령 양귀비로 분할 때처럼 가면을 쓰면 얼굴마저 숨겨지는데, 그럼에도 그 작은 부분의 윤기가 기이하리만치 인상적이다. 곤고 씨가 특히 그러했는데, 대부분 배우의 손이 보통 일본인의 흔한 손인데도 전통 복장을 했을 때는 알 수 없는 매혹을 발휘하여 우리로 하여금 경이로움에 눈이 휘둥그레지게 한다. 거듭 말하지만, 이는 결코 미소년이나 미남 배우에 한정된 일이 아니다. 예컨대 일상에서 우리는 보통 남자의 입술에 매혹되지 않으나, 노의 무대에서는 그 거무스름한 붉은빛과 촉촉함을 머금은 피부가 연지를 바른 부인의 입술 이상으로 육감적이고 차진 느낌을 준다. 이는 배우가 노래를 부르기 위해 입술을 시종 침으로 적시기 때문이기도 하겠으나 그 때문만은 아니다. 또 아역 배우의 볼은 홍조를 내비치는데, 그 붉음이 실로 선명하게 두드러져 보인다. 내 경험상 바탕색이 녹색 계통인 의상을 입었을 때 홍조가 가장 돋보인다. 사실 이 경우에는 피부색이 하얀 아역 배우보다 오히려 검은 피부의 아역 쪽이 붉은 기를 한층 살린다. 어째서 그런가 하면 흰 피부의 아이는 흰색과 붉은색의 대조가 지나치게 극명하여, 노 의상의 검게 가라앉은 색조에는 지나치게 강해 보인다. 하지만 검은 피부를 지닌 아이의 암갈색 볼이라면 붉은색이 그렇게까지 두드러지지 않고, 의상과 얼굴이 서로 빛을 받아서 아름답게 보인다. 수수한 녹색과 수수한 갈색, 두 색채가 잘 어우러져 황인종의 피부가 그야말로 제자리를 찾아서 새삼스레 이목을 끈다. 색의 조화가 만들어 내는 아름다움이 달리 있는지 나는 잘 모르겠으나, 만약 노가쿠가 가부키처럼 근대 조명을 사용했다면 그들의 미감 또한 모조리 칙칙한 광선으로 인해 사방으로 흩어져 버렸으리라는 사실만큼은 안다. 만약 그 무대를 옛날 그대로 어둠에 맡겨 둔다면 이는 필연적인 규약에 따르는바, 건물 따위도 낡으면 낡을수록 좋다. 바닥이 자연의 광택을 띠고 기둥이나 무대 배경의 큰 널빤지 따위가 검은 윤기로 반짝여서, 대들보로부터 처마 끝까지의 어둠이 커다란 범종을 드리운 듯 배우의 머리 위를 덮어씌우는 무대, 그러한 장소가 가장 알맞다. 말하자면 최근 노가쿠가 아사히 회관[227]이나 공회당[228]에 진출한 것은 꽤 좋은 일임에 틀림없지만, 그 본연의 맛을 절반 이상 잃어버렸다고 생각한다.

그런데 노를 따라다니는 그러한 어둠과 그로부터 발생하는 아름다움은 이제 무대 위에서밖에 볼 수 없는 특수한 음예의 세계지만, 예전에는 그다지 실생활과 동떨어져 있지

---

227 朝日会館. 예전 오사카시에 있었던 문화 시설로 영화, 콘서트, 연극 상연, 미술품 전시 등 다양한 용도로 사용되었고, 전전(戰前)부터 전후(戰後)에 걸쳐 간사이 지역 문화 활동의 중심지 역할을 수행하였다.
228 오사카시 북구에 있는 집회 시설인 오사카시 중앙 공회당의 줄임말.

않았을 터다. 노 무대의 어둠은 곧 당시 주택 건축의 어둠이며, 노 의상의 무늬나 색조는 실제보다 다소 화려하기는 해도 대체로 당시 귀족이나 다이묘가 입었던 그대로일 테니 말이다. 나는 그 사실에 생각이 미치자 옛 일본인이, 특히 센코쿠 시대나 모모야마 시대(桃山時代)[229]의 호화로운 복장을 한 무사가 오늘날 우리와 비교하여 얼마나 아름답게 보였을까 하고 상상하게 되었고, 오로지 그 생각에 황홀해진다. 노는 참으로 우리 동포 남성의 아름다움을 최고조의 형태로 나타내는데, 그 옛날 전장을 왕래하던 무사가 비바람을 맞으면서 광대뼈가 튀어나온 새카맣고 불그레한 얼굴에 그러한 바탕색이나 광택의 스오나 다이몬,[230] 가미시모[231]를 입고 있던 모습은 얼마나 늠름하고 엄숙했을까. 어쩌면 노를 보고 즐기는 사람은 모두 얼마간 이 같은 연상에 잠기는 일을 즐기는 이들이며, 무대 위 색채의 세계가 옛날에는 그대로 실재했다고 생각한다는 점에서 연기를 넘어서는 회고적인 취미마저 있다. 그에 반하여 가부키 무대는 어디까지나 허위의 세계로, 우리 본연의 아름다움과는 관계가 없다. 남성미는 말할 것도 없고 여성미도 마찬가지라서 옛날 여성이 지금의 가부키 무대에서 보이는 모습과 같았으리라고는 생

---

229 오다 노부나가와 도요토미 히데요시(豊臣秀吉, 1536~1598) 등이 정권을 잡았던 시대로, 약 삼십 년 동안 이어졌고 아즈치 모모야마 시대(安土桃山時代)라고도 한다.

230 大紋. 에도 시대 5품 이상의 무사가 입던 예복으로, 커다란 가문을 다섯 군데에 물들인 베로 만들었다.

231 裃. 에도 시대 무사의 예복 중 하나로, 모두 네 곳에 가문을 넣는다. 서민들의 예복으로도 활용되었다.

각할 수 없다. 노가쿠에서도 여자 역할은 가면을 쓰기 때문에 실제와는 거리가 멀지만, 가부키극의 온나가타를 보아도 실감이 나지 않기는 마찬가지다. 이것은 전적으로 가부키 무대가 너무 밝은 탓인데, 근대적 조명 설비가 없었던 시대, 촛불이나 휴대용 석유등으로 간신히 불을 비추었던 시대의 가부키극이나 그 시절의 온나가타는 어쩌면 조금 더 실제에 가깝게 보이지 않았을까. 이것만 보더라도 근대 가부키극에 옛날과 같은 여자다운 온나가타가 나타나지 않는 까닭은 반드시 배우의 소질이나 용모 때문만은 아니다. 옛날의 온나가타라도 오늘날같이 빛이 휘황찬란한 무대에 섰다면 틀림없이 남성적이고 우악스러운 선이 두드러졌을 테지만, 옛날에는 어둠이 그런 부분을 적당하게 덮어 감추어 주었으리라. 나는 만년의 바이코[232]가 연기한 오카루[233]를 보고 이를 통절하게 느꼈다. 그리고 쓸데없이 과잉된 조명이 가부키극의 아름다움을 망친다고 생각했다. 오사카 가부키에 정통한 사람에게 들은 이야기인데, 분라쿠의 인형 조루리[234]에서는 메이지 시대가 되고 나서도 오랫동안 램프를 사용했고, 그 시절이 오히려 지금보다 훨씬 운치 있었다고 한다. 나는 지금도 가부키의 온나가타보다는 그 인형 쪽이 더욱 실감 난

---

232 오노에 바이코(尾上梅幸)는 가부키 명가의 명칭으로, 여기서는 온나가타의 명인으로 일컬어지는 6대 오노에 바이코(1870~1934)를 가리킨다.

233 お軽. 조루리 「가나데혼 주신구라(仮名手本忠臣蔵)」에 등장하는 여자 주인공의 이름.

234 일본 근세 예능의 하나로, 샤미센의 조루리 연주에 맞춰 조종사들이 인형을 놀리는 연극이다.

다고 생각하는데, 그 역시 어슴푸레한 램프로 비추었다면 인형 특유의 딱딱한 선도 사라지고 번질번질한 하얀 분의 광택도 흐려져서 어느 정도 부드러움이 있었으리라고, 굉장했을 옛 시절 무대의 아름다움을 공상하며 공연스레 한기를 느끼고는 한다.

알다시피 분라쿠 연극에서 여자 인형은 얼굴과 손끝 밖에 없다. 몸통이나 발끝은 소매가 긴 의상 속에 감싸 두기 때문에 인형 조종사가 자신들의 손을 안으로 집어넣어 동작을 보여 주는 것만으로 충분한데, 나는 이것이 가장 실제에 가까우며, 옛날 여자란 목덜미 윗부분과 소맷부리에서 손끝까지만 존재하고 그 밖에는 모조리 어둠 속에 감춰져 있었다고 생각한다. 당시 중류 계급 이상의 여자는 좀처럼 외출을 하는 일도 없었고, 하더라도 가마 깊숙이 숨어서 거리에 모습을 드러내지 않았다고 한다. 그렇다면 대개는 어두운 집 안과 대지의 한구석에 틀어박혀서 낮이건 밤이건 오직 어둠 속에 온몸을 묻은 채 그 얼굴만으로 존재를 드러냈다고 할 수 있다. 그러므로 의상도 남자 쪽은 지금보다 더 화려한데 비하여 여자 쪽은 그 정도까지는 아니다. 옛날 바쿠후 시대[235] 상인의 딸이나 부인 들의 옷은 놀랄 만큼 수수한데, 요컨대 의상은 어둠의 일부분, 어둠과 얼굴 사이의 관계에 지나지 않았기 때문이다. 또한 치아를 검게 물들이는 화장을 했던 목적을 생각하면, 얼굴 이외의 틈에 모조

235 幕府時代. 에도 막부 말기와 그 후 메이지 시대를 묶어서 부르는 명칭.

리 어둠을 채워 넣으려고 무려 구강에까지 암흑을 머금도록 하지는 않았을까. 오늘날 이러한 부인의 아름다움은 시마바라[236]의 스미야[237] 같은 특수한 곳에 가지 않는 한 실제로는 볼 수가 없다. 그러나 어린 시절 니혼바시의 집 안에서 희미한 정원 빛에 의지하여 바느질을 하던 내 어머니의 모습을 생각하면, 옛날 여인이 어떤 느낌이었는지 조금은 상상할 수 있다. 그 시절이라 함은 메이지 20년대의 일인데, 그때까지는 도쿄 시가지의 집들도 모두 어둑어둑하게 지었고, 우리 어머니나 큰어머니, 친척 누구든 그 연배의 여자들이라면 대개 이를 검게 물들이는 화장을 하고 있었다. 평상복은 기억나지 않지만 나들이할 때는 쥐색 바탕에 자잘한 작은 무늬가 들어간 옷을 입었다. 어머니는 키가 매우 작아서 다섯 척도 안 되었는데, 어머니뿐 아니라 그 시절의 여자는 보통 그 정도 키였을 터다. 아니 극단적으로 말하자면, 그녀들에게는 거의 육체가 없었다고 해도 좋다. 나는 어머니의 얼굴과 손 외에 발만큼은 어렴풋이 기억하지만, 몸통에 대해서는 기억이 없다. 마침 주구지[238] 관세음의 몸통이 떠올랐는데, 그야말로 옛 일본 여성의 전형적인 나체상이 아니던가. 그 종잇장처럼 얇은 유방이 달린 판자 같은 납작한 가슴, 그 가슴보다도 한층 더 작고 잘록하게 들어간 배, 어떤

---

236 島原. 교토 남서부에 있었던 근세 시대의 대표적인 유곽.

237 角屋. 유녀들을 불러 놀던 시마바라의 유곽 건물. 높은 계급의 유녀들만 들일 수 있었던 고급 요정이었으며, 재력을 지닌 상인들에 의해 온갖 사치스러운 장식으로 치장되었다.

238 中宮寺. 나라현 쇼토쿠슈(聖徳宗) 종파의 비구니 승방.

요철도 없이 쭉 뻗은 등줄기와 허리와 어깨의 선, 그러한 몸통 전체가 얼굴이나 손발에 비해서 불균형하게 여위고 홀쭉해서 두께가 없고, 육체라기보다 위아래 굵기가 같은 막대기처럼 느껴지는데, 옛날 여자의 몸통이란 대체로 그런 느낌이지 않았을까. 오늘날에도 고루한 가정의 노부인이나 게이샤 가운데 그런 모양새의 몸체를 지닌 여자가 종종 있다. 나는 그들을 보며 인형의 뼈대를 떠올린다. 사실 그 몸통은 의상을 입히기 위한 뼈대 이상의 그 무엇도 아니다. 몸체의 재료는 몇 겹으로 휘감긴 옷과 직물일 뿐, 의상을 벗기면 인형과 같이 볼품없는 심대만 남는다. 예전에는 그것만으로도 충분했다. 어둠 속에서 사는 그녀들에게는 희읍스름한 얼굴 하나면 몸체는 필요하지 않았다. 생각하건대 명랑한 근대 여성의 육체미를 찬양하는 이는 그런 유령 같은 여자에게서 아름다움을 발견하기 어려우리라. 또 어떤 이는 어두운 광선으로 얼버무린 아름다움은 진정한 아름다움이 아니라고 할지도 모른다. 그렇지만 앞서 말했듯이 우리 동양인은 아무것도 아닌 곳에 음예를 움트게 하여 미를 창조한다. "긁어모아 엮으면 잡목 초막이고, 풀어헤치면 원래의 들판이로다."라는 옛 노래가 있는데, 우리가 사색하는 방식은 아무튼 그런 식으로, 아름다움은 물체에 있지 않고 물체와 물체가 만들어 내는 음예의 무늬, 음양에 있다고 생각한다. 야광 구슬도 어둠 속에 놓으면 광채를 발하지만 대낮의 태양 아래 내놓으면 보석으로서의 매력을 잃듯이, 음예의 작용을 벗어나는 아름다움이란 없다고 생각한다. 즉 우리 선조에게 여자란 마키에나 자개그릇과 마찬가지로 어둠과 끊으려야 끊을 수 없는 존재로서, 가능한 한 전신을 그늘에 잠기도록 하고, 긴 소매나 긴 치맛자락으로 손발을 깊숙이 감싸고 단한 군데, 목 부분만을 두드러지게 하였다. 과연 그 균형을 잃은 납작한 몸체는 서양 부인의 몸과 비교하면 보기 싫을지도 모른다. 그러나 우리의 생각은 보이지 않는 데에까지는 미치지 않는다. 보이지 않으면 없는 것으로 여긴다. 억지로 그 추함을 보려고 하는 자는 다실 도코노마에 전등불을 들이대는 것과 마찬가지로, 거기에 자리한 아름다움을 스스로 쫓아 버리고 마는 꼴이다.

하지만 대체 어둠 속에서 아름다움을 구하려는 경향은 왜 유독 동양인에게서만 강하게 나타나는가. 서양에도 전기나 가스나 석유가 없었던 시대가 있었을 테지만, 견문이 부족한 나는 그들에게 그늘을 좋아하는 버릇이 있었는지 어떤지 잘 알지 못한다. 이를테면 일본 귀신에겐 다리가 없는데, 서양 귀신은 다리가 있는 대신 전신이 투명하게 비친다고 한다. 이 같은 사소한 사실 한 가지만으로도 알 수 있듯이 우리들 공상 속에는 항상 검은 옻칠을 한 듯한 어둠이 있지만, 서양은 유령조차도 유리처럼 밝게 한다. 그 밖의 일용하는 여러 공예품에서도 우리는 어둠이 퇴적하고 녹이 슨 색채를 사랑하지만, 그들은 이를 불결하고 비위생적이라고 하여 반짝반짝하게 닦아서 윤을 낸다. 방 안도 되도록 으슥한 곳을 만들지 않도록 천장이나 주위 벽을 허여멀겋게 칠한다. 정원을 만들 때도 우리가 나무를 울창하게 많이 심게끔 설계한다면, 그들은 평평한 잔디를 넓게 펼친다. 이 같은 기호의 상이함은 무엇에 의해 생겼을까. 생각하건대 우리 동양인은 자신이 처한 형편에서 만족을 구하고 현재 상태에 안주하려는 풍습을 지녔기 때문에 어둡다고 하여 불만을 느끼지 않고 어쩔 수 없는 일이라 여기며 단념한다. 광선이 부족하면 부족한 대로 도리어 그 어둠에 침잠하여 거기서 자연스럽게 생겨나는 아름다움을 발견한다. 그런데 진취적인 서양인은 언제나 좀 더 나은 상태를 바라 마지않는다. 촛불에서 램프로, 램프에서 가스등으로, 가스등에서 전등으로, 끊임없이 밝음을 추구하면서 약간의 그늘조차 물리치고자 고심한다. 아마 이처럼 기질의 차이도 있겠지만 나는 피부색의 차이도 고려해 보고 싶다. 우리도 예전부터 검은 피부보다는 흰 쪽을 귀히 여겨 아름답다고 하였지만, 그럼에도 백인종의 흰 피부와 우리의 흰 피부는 어딘가 다르다. 한 사람 한 사람 살펴보면 서양인보다 하얀 일본인도 있고, 일본인보다 검은 서양인도 있는 듯한데 그 희고 검은 상태가 다르다. 이는 내 경험인데, 한때 요코하마의 야마테에 살면서 밤낮으로 거류지의 외국인들과 향락을 함께하며 그들이 드나드는 연회장이나 무도장에 놀러 다녔던 시절의 일이다. 곁에서 보면 그들의 흰 빛깔은 그다지 하얗게 느껴지지 않지만, 멀리서 보면 그들과 일본인의 차이를 실로 분명히 알 수 있었다. 일본인이라도 그들에게 뒤떨어지지 않는 야회복을 입고 그들보다 하얀 피부를 지닌 숙녀가 있는 법인데, 그러한 부인이 단 한 명이라도 그들 안에 섞여 들면 멀리서 바라보았을 때 금방 구분이 간다. 이를테면 일본인의 피부는 아무리 하얗더라도 흰 살갗 안에 약간의 그늘이 있다. 그런

데도 그녀들은 서양인에게 지지 않으려고, 등과 두 팔에서부터 겨드랑이 아래까지 노출된 육체 여러 부분에 하얀 분을 두텁게 바르지만, 역시 피부 밑바닥에 괴어 있는 어두운 빛깔을 지울 수가 없다. 높은 곳에서 맑고 차가운 물을 내려다보면 밑바닥에 있는 침전물이 잘 보이듯이 그런 사실을 훤히 알 수 있다. 특히 손가락 마디라든지 콧방울 주변이라든지 목덜미나 등줄기 같은 곳에 거무칙칙한 먼지가 쌓인 듯 구석진 부분이 생긴다. 그런데 서양인은 피부 표면이 탁한 듯하면서도 밑바탕이 밝고 투명하여 몸 어디에도 그렇게 추저분한 그림자가 지지 않는다. 머리끝부터 발끝까지 불순물 없이 아주 맑고 하얗다. 그러므로 그들의 모임 가운데 우리 중 한 명이 섞여 들어가면 흰 종이에 묽은 먹물 한 점이 스며든 것 같아서 우리가 보기에도 눈에 거슬리고 그리 유쾌하지 못하다. 일찍이 백인종이 이런 까닭으로 유색 인종을 배척하였을까. 백인 중에서도 신경질적인 인간에게는 사교장 한가운데에 생긴 한 점의 얼룩, 한두 명의 유색인조차도 신경이 쓰일 수밖에 없었으리라. 그러고 보니 오늘날은 어떤지 모르겠지만 옛날 흑인에 대한 박해가 가장 격렬했던 남북 전쟁 시대 무렵, 백인들의 증오와 경멸은 단순히 흑인뿐 아니라 흑인과 백인 혼혈아, 혼혈아 사이에서 나온 혼혈아, 혼혈아와 백인 사이의 혼혈아 등에게까지 이르렀다고 한다. 그들은 2분의 1 혼혈아, 4분의 1 혼혈아, 8분의 1, 16분의 1, 32분의 1 혼혈아라는 식으로 아주 약간이라도 다른 인종의 피가 섞이면 그 흔적을 추적하고 박해하지 않고는 견디지 못했다. 일견 순수한 백인과 다를 바 없는 2세나

3세도, 머나먼 옛 조상 중에 다른 인종이 단 하나라도 섞여 있다면 그들의 집요한 눈초리는 그 새하얀 피부 속에 미세하게 숨은 색소조차 내버려 두지 않았다. 이러한 일을 생각하더라도 우리 황인종이 음예와 얼마나 깊이 관계되어 있는지를 알 수 있다. 누구나 자신을 기꺼이 추악한 상태에 두고 싶어 하지 않은 이상, 우리가 의식주 용품에 흐린 색의 물건을 사용하고 어두운 분위기 속에 자기를 가라앉히려 하는 욕망은 당연할지도 모른다. 선조들 스스로가 피부에 그늘이 있음을 자각했을 리 없고, 우리보다 하얀 인종이 존재한다는 사실 또한 알지 못했을 터다. 따라서 색에 대한 그들의 감각이 자연스럽게 그러한 기호를 탄생시켰다고 볼 수밖에 없다.

우리의 선조는 밝은 대지의 위아래와 사방을 가로막고 먼저 음예의 세계를 만들어, 그 어둠 속에 여인을 가두고 그녀가 이 세상에서 가장 새하얀 인간이라 굳게 믿었으리라. 하얀 피부가 최고의 여성미를 이루는 가장 중요한 조건이라면 우리로서는 달리 다른 방법이 없으며, 그렇게 해도 지장이 없었으리라. 백인의 머리카락이 밝은색인데 비하여 우리의 머리카락이 어두운색이라는 사실은 자연이 우리에게 어둠의 이치를 가르쳐 주는바, 옛사람은 자기도 모르는 사이 그 이치에 따라 누런 얼굴을 하얗게 돋보이도록 하였다. 나는 조금 전에 이를 검게 칠하는 화장에 관해서 썼는데, 옛날 여인이 눈썹을 깎아 냈던 것 역시 얼굴을 돋보이도록 하는 수단이 아니었을까. 그리고 각도에 따라 변하며 무

지개 색깔로 빛나는 푸르스름한 입술연지에 나는 무엇보다 감탄한다. 오늘날에는 기온의 게이샤조차 그 연지를 거의 쓰지 않는데, 그것이야말로 어두컴컴한 촛불의 일렁임을 상상하지 않고서는 그 매력을 이해할 수 없다. 옛사람은 여인의 붉은 입술을 일부러 검푸른 색으로 빈틈없이 칠하여 거기에 자개를 아로새겼다. 풍만하고 아름다운 얼굴에서 모든 핏기를 빼앗은 것이다. 나는 아름다운 등불이 흔들거리는 그늘에서 젊은 여인이, 마치 도깨비불처럼 푸른 입술 사이로 이따금 검게 칠한 이를 빛내며 미소 짓는 모습을 떠올리면, 그 이상으로 하얀 얼굴을 상상할 수 없다. 적어도 내가 뇌리에 그리는 환영의 세계에서는 어떤 백인 여성의 흰 빛깔보다도 하얗다. 백인의 흰색은 투명하고 빤한, 흔하디흔한 흰색이지만, 저 흰색은 사람의 것이 아니다. 어쩌면 그런 흰색은 실제로 존재하지 않을지도 모른다. 그런 색은 단지 빛과 어둠이 빚어내는 짓궂은 장난으로, 찰나의 환상일지도 모른다. 그러나 우리는 그걸로 충분하다. 그 이상을 바라기에는 역부족이다. 여기서 나는 그러한 얼굴의 흰색을 생각하면서, 그를 둘러싼 어둠의 색에 관하여 이야기하고 싶다. 언제였던가, 벌써 수년 전, 도쿄에서 온 손님을 안내하며 시마바라의 스미야에서 놀았을 때, 결코 잊을 수 없는 어떤 어둠을 본 기억이 있다. 확실하지는 않지만 그곳은 나중에 화재로 불타 없어진 '마쓰노마(松の間)'라는 넓은 다다미방이었는데, 얼마 안 되는 촛대로 비춘 넓은 방의 어둠은 작은 다실의 어둠과 농도가 달랐다. 마침 내가 그 방에 들어갔을 때 눈썹을 밀고 이를 검게 칠한 나이 지긋한 하녀가 커

다란 칸막이 앞에 촛대를 놓고 단정히 앉아 있었고, 밝음의 세계를 다다미 두 장으로 제한한 그 칸막이 뒤쪽으로는 천장으로부터 떨어져 내릴 듯한 높고 짙은, 단 한 가지 색상의 어둠이 드리워져 있었는데, 불안정한 촛불 빛이 그 두께를 뚫지 못한 채 검은 벽을 맞닥뜨리기라도 한 듯 튕겨 나오고 있었다. 여러분은 이러한 '등불이 비춘 어둠'의 색을 본 적이 있는가. 그것은 밤길의 어둠 따위와는 어딘가 다른 물질로, 한 알 한 알 무지갯빛 반짝임을 지닌 미세한 재 같은 미립자로 가득 차 있는 듯 보였다. 나는 그것이 눈 속으로 들어오지는 않을까 해서 무의식중에 눈꺼풀을 깜빡였다. 오늘날에는 일반적으로 면적을 좁게 한 다다미방이 유행하여 열 장, 여덟 장, 여섯 장짜리 작은 방을 짓기 때문에 촛불을 밝히더라도 이 같은 어둠의 색을 볼 수 없지만, 과거의 대궐이나 기루(妓樓) 등에서는 천장을 높게 하고 복도도 넓게 조성한, 다다미 몇십 장을 깐 커다란 방을 내는 일이 보통이었다고 하니, 그 방 안에는 언제나 이런 어둠이 안개처럼 자욱했을 터다. 그리고 지체 높은 여관(女官)들은 그 어둠의 잿물 속에 푹 잠겨 있었으리라. 예전에 내가 「이쇼안 수필」[239]에서 적은 바 있는데, 현대인은 오랫동안 전등 빛에 익숙해져서 이러한 어둠이 있었음을 잊고 있다. 그중에서도 실내의 '눈에 보이는 어둠'은 무언가 가물가물 어른거리는 듯한 느낌이 들어서 환각을 일으키기 쉽기 때문에 더러는 집 밖의

---

239 다니자키가 쓴 수필로, 제목의 '이쇼안(倚松庵)'이란 그가 예전에 기거하던 저택의 이름이다. 효고현 고베시에 위치한다.

어둠보다도 무시무시하다. 도깨비라든가 요괴, 괴물 따위가 날뛰는 곳은 분명 이 같은 어둠 때문이겠지만, 그 안에 깊은 장막을 드리우고 병풍이나 맹장지에 몇 겹이고 둘러싸여 살던 여인들 역시 유령의 일족이 아니었을까. 어둠은 필시 그 여인들을 이중 삼중으로 에워싸며, 옷깃이나 소맷부리나 옷단의 이음매 같은 모든 틈새를 촘촘히 메우고 있었을 것이다. 아니 어쩌면, 어둠은 거꾸로 그녀들의 몸에서, 이를 물들인 그 입속이나 검은 머리카락 끝에서 땅거미가 뱉어 내는 거미줄처럼 자아내지고 있었을지도 모른다.

몇 해 전 다케바야시 무소안이 파리에서 돌아와서 한 이야기에, 유럽 도시와 비교하면 도쿄나 오사카의 밤은 현격히 밝다고 한다. 파리에서는 샹젤리제 한가운데에서도 여전히 램프를 켜는 집이 있다는데, 일본에서는 어지간히 외진 산속에까지 가지 않는 한 그런 집은 단 한 채도 없다. 아마도 이처럼 전등을 아낌없이 쓰는 나라는 전 세계를 통틀어서 미국과 일본뿐일 것이다. 일본은 어떻게든 미국 흉내를 내고 싶어 하는 나라라고들 하였다. 무소안의 이야기는 지금으로부터 4~5년도 전인, 그러니까 아직 네온사인 따위가 유행하지 않았을 무렵이었으므로, 다음에 그가 다시 귀국하면 더욱더 밝아진 일본 풍경에 필시 깜짝 놀랄 터다. 그리고 이것은 개조사[240]의 야마모토 사장에게 들은 이야기

240 1919년 1월에 설립한 출판사로, 여기서 말하는 야마모토 사장이란 창립자인
     야마모토 사네히코(山本実彦, 1885~1952)를 말한다. 1919년 4월에는 종합
     월간지 《개조(改造)》를 창간하였다. 《개조》는 진보적 논단을 형성하며 발전

인데, 예전에 사장이 아인슈타인 박사를 교토 쪽으로 안내하던 도중, 기차를 타고 이시야마(石山) 주변을 지나자 창밖 풍경을 바라보던 박사가 "아아, 저곳에 굉장히 비경제적인 것이 있군."이라고 하기에 까닭을 묻자, 그 주변의 전신주인지 무엇인지에 매달려 대낮인데도 불을 밝힌 전등을 가리켰다고 한다. 야마모토 씨는 "박사님은 유대인이시니까 낭비에 예민하시겠지요." 하고 토를 달았지만, 미국이야 어찌 되었든 유럽과 견주었을 때 일본 쪽이 아까움도 모르고 전등을 허비하고 있음은 사실이라 한다. 이시야마라고 하니 또하나 이상한 일이 있는데, 올가을 달구경으로 어디가 좋을까, 여기가 좋을까 하고 머리를 짜낸 끝에 결국 이시야마데라[241]에 가기로 결정했었다. 그런데 보름달이 되기 전날, 신문에 이시야마데라에서는 내일 달구경 올 손님의 흥을 돋우기 위해 숲속에 확성기를 설치하고 레코드로 「월광 소나타」를 들려준다는 기사가 실려 있었다. 나는 그 기사를 읽고 바로 이시야마행을 그만두어 버렸다. 확성기도 곤란하지만 그런 식이라면 분명 산속 여기저기에 전등이나 일루미네이션을 장식하고 요란하게 분위기를 북돋지 않을까, 하는 생각이 들어서였다. 예전에도 이런 일로 달구경을 관둔 기억이 있는데, 어느 해 보름날 밤에 스마데라[242]의 연못에 배를 띄

하였으나 태평양 전쟁 말기에 행해진 언론 탄압으로 1944년 6월에 휴간하였다. 패전 후 1946년, 일단 복간하였으나 1955년 2월호를 마지막으로 폐간하였고 출판사도 해산하였다.

241 石山寺. 사가현 오쓰시에 있는 불교 사찰.
242 須磨寺. 효고현 고베시 스마구에 있는 불교 사찰.

워 보자고 해서 일행을 모아 찬합 도시락을 만들어 나가 보니, 그 연못 전체를 오색 전구로 화려하게 장식해 놓은 탓에 달은 있지만 없는 것과 매한가지였다. 이래저래 생각해 보니 아무래도 요즘 우리는 전등에 중독되어 조명의 과잉에서 비롯되는 불편함에 대해서는 의외로 무감각해지고만 듯하다. 달구경이라면 아무래도 좋지만 대합실, 요릿집, 여관, 호텔 등이 대체로 전등을 과소비하고 있다. 손님을 끌기 위해서는 얼마간 필요한 일이겠지만, 여름 같은 시기에 아직 밝을 때부터 점등을 한다면 낭비일뿐더러 덥기도 하다. 이 때문에 나는 여름에는 어디를 가더라도 곤란하다. 바깥은 시원한데 방 안이 심하게 덥다면 열이면 열, 전력이 너무 세거나 전구가 지나치게 많은 탓으로, 시험 삼아 일부를 꺼 보면 돌연 시원해지는데 손님도 주인도 그 점을 전혀 눈치채지 못하다니 이상하기 짝이 없다. 원래 실내 등불은 겨울엔 어느 정도 밝게 하고, 여름에는 어느 정도 어둡게 해야만 한다. 그러는 편이 서늘한 기운을 불러 모으기도 하고 무엇보다 벌레가 날아들지 않는다. 그런데도 쓸데없이 전등을 켜면서 덥다고 선풍기를 돌리다니 생각만 해도 번잡하다. 무엇보다도 일본 다다미방이라면 열기가 옆으로 흩어져 나가기 때문에 참을 수 있지만, 호텔의 서양식 객실은 통풍이 좋지 못하고 마루, 벽, 천장 등이 열을 빨아들여서 사방으로 반사하기 때문에 실로 견딜 수가 없다. 예로 들기에는 조금 딱하지만, 여름밤 교토의 미야코 호텔 로비에 가 본 적 있는 사람이라면 내 이야기에 동감해 주리라. 이곳은 북향에다, 약간 높고 평평한 곳에 자리하고 있어서 히에이잔[243]이나 뇨이가다케,[244] 구로다니의 탑[245]과 숲, 히가시야마 일대의 푸른 봉우리들이 한눈에 들어와 보기에도 상쾌한 전망이기에 그만큼 더 아쉽다.

여름 저녁 무렵에 모처럼 아름다운 산수의 경치를 마주하고 상쾌한 기분에 젖고자 망루에 충만한 선선한 바람을 따라 나가 보면, 하얀 천장 여기저기에 커다란 젖빛 유리 뚜껑이 끼워져 있고, 아주 강렬한 빛이 그 속에서 이글이글 타며 빛나고 있다. 요즘의 양옥집은 천장이 낮기 때문에 바로 머리 위에서 불덩어리가 빙빙 돌기라도 하는 듯 덥기 그지없다. 따라서 천장에 가까운 부위일수록 뜨거운 까닭에 머리부터 목덜미를 타고 등줄기까지 열기에 구워지는 느낌이다. 게다가 불덩어리 하나만으로 그만한 넓이를 비추기에 충분한데도, 그런 녀석들이 셋이고 넷이고 천장에서 빛나는데다 작은 녀석들까지 벽과 기둥을 따라 수없이 달려 있으니, 단지 구석구석에 생기는 그늘을 없애는 용도 외에는 아무런 도움도 되지 않는다. 그러니 실내에 그늘이라고는 하나도 없고, 둘러보면 하얀 벽과 붉고 두꺼운 기둥, 모자이크처럼 짜 맞춘 화려한 색채의 마루가 갓 인쇄한 석판화처럼 눈에 스며드니 이 또한 상당히 숨 막힐 듯 덥다. 복도에서 방 안으로 들어가면 현저한 온도 차이를 느낄 수 있다. 그래

---

243 比叡山. 사가현 오쓰시 서부와 교토부 교토시 북동부에 걸친 산.

244 如意ヶ嶽. 교토의 히가시야마구에 위치한 해발 472미터의 산.

245 黑谷の塔. 구로다니(黑谷)란 교토시 사쿄구(左京区)에 있는 정토종 사찰로, 정식 명칭은 곤카이코묘지(金戒光明寺)다. 구로다니의 탑은 이 사찰에 있는 삼층탑을 가리킨다.

서는 설령 선선한 밤공기가 흘러들더라도 금방 뜨거워지기 때문에 아무런 소용이 없다. 그곳은 예전에 이따금 묵었던 호텔이기에 그리움과 친절한 마음에서 충고하자면 그처럼 좋은 지형의 조망을, 여름 내내 시원함을 느끼기에 최적인 장소를 전등으로 망치기에는 아깝다. 일본인은 물론, 아무리 밝음을 좋아하는 서양인이라 해도 그런 더위에는 틀림없이 말을 잃고 말 텐데, 다른 무엇보다 밝기를 한번 줄여 보면 바로 이해가 갈 터다.

　　그러나 이 일은 하나의 예일 뿐으로, 비단 그 호텔만의 문제가 아니다. 간접 조명을 사용하는 제국 호텔만큼은 일단 무난하지만, 여름에는 조금 더 어둡게 해도 좋다는 생각이다. 여하튼 오늘날의 실내조명은 글을 읽는다든가, 글씨를 쓴다든가, 바느질을 하는 데에는 이미 문제가 없을 만큼 충분하고, 오로지 네 귀퉁이의 그늘을 없애는 일에만 쓰이고 있는데, 이것은 적어도 일본식 가옥의 미적 관념과는 양립하지 않는다. 개인 주택에서는 경제적 이유로 전력을 절약하기 때문에 오히려 요령껏 처리하고 있지만, 접객업을 하는 집은 복도, 계단, 현관, 정원, 대문 등에 아무래도 지나치게 많은 조명을 설치하여 다다미방이나 정원 연못과 수석(水石)의 깊이를 옅게 만들어 버린다. 겨울에는 그러는 편이 따뜻해서 나을 수도 있겠지만, 여름밤은 어떤 유수(幽邃)의 피서지로 도망을 가더라도 그곳이 여관인 한, 대개 미야코 호텔과 같은 비애를 피할 수가 없다. 그러므로 나는 내 집에서 사방 덧문을 활짝 열어젖히고 새카만 어둠 속에 모기장을 치고 누워 있는 일이야말로 시원함을 누리는 최상의 방법임을 알고 있다.

일전에 어느 잡지인가 신문에선가 영국 할머니들의 푸념을 늘어놓은 기사를 읽은 적 있는데, 자신들이 젊었을 시절에는 노인을 소중히 여겨 모두가 친절하게 돌봐 주었지만 지금 아가씨들은 우리에게 조금도 마음을 쓰지 않는다, 노인이라 하면 추레하다고 생각하여 곁에도 다가오지 않는다, 예전과 요즘 젊은이들의 기질이 완전히 다르다며 한탄하고 있었다. 어떤 나라에서나 노인은 똑같은 소리를 하는구나 하고 기가 막혔는데, 인간은 나이 들어 가면서 무슨 일이든지 옛날이 좋았다고 믿어 버리는 듯싶다. 그래서 백 년 전의 노인은 이백 년 전의 시대를 그리워하고, 이백 년 전의 노인은 삼백 년 전의 시대를 그리워하면서, 어느 시대든 현재 상황에 만족하지 못하는 법인데, 특히 요즘은 문화의 흐름이 급격하고, 더구나 일본에는 또 특수한 사정이 있기 때문에, 메이지 유신[246] 이래의 변천은 그 이전 삼백 년, 오백 년 치에 해당하리라. 이처럼 말하는 나 역시 노인의 말투를 흉내 내는 연배가 되었다니 우습기는 하지만, 현대 문화 설비가 오로지 젊은이들에게 영합하여 점차 노인에게 불친절한 시대를 조성해 가고 있다는 사실만큼은 분명하다. 요컨대 거리의 십자로를 구령에 맞춰 횡단하다 보면 이제 노인

---

246 明治維新. 메이지 시대 초기에 행해진 대대적인 유신. 에도 막부를 향한 타도
     운동부터 메이지 정부에 의한 천황 친정 체제로의 전환, 그리고 그에 따른 중
     앙 관제, 법 제도, 신분 제도, 지방 행정, 금융, 유통, 산업, 경제, 문화, 교육, 외
     교, 종교, 사상 등 전 분야에 걸친 개혁을 가리킨다.

들은 안심하고 거리에 나갈 수가 없다. 자동차를 몰고 돌아다닐 수 있는 처지인 사람은 다행이지만, 나만 해도 가끔 오사카에 나갈 때면 이쪽에서 맞은편으로 건너는 단순한 일에도 온몸의 신경을 곤두세워야 한다. 횡단보도의 교통 신호기부터가 네거리 한가운데 있으면 잘 보이지만, 예상치 못한 측면 공중에 달려서 파랑이나 빨강으로 명멸한다면 상당히 분간하기 힘들고, 넓은 사거리라면 측면 신호를 정면 신호로 잘못 보기도 한다. 교토에 교통경찰이 서 있게 되면서는 이제 정말 끝이로구나 하고 절실하게 느낀 적이 있는데, 오늘날 순수 일본풍 거리의 정취는 니시노미야(西宮), 사카이(堺), 와카야마(和歌山), 후쿠야마(福山) 정도의 도시에 가지 않으면 맛볼 수 없다. 대도시에서는 노인 입맛에 맞는 음식을 찾아내기도 여간 힘든 일이 아니다. 얼마 전에도 신문 기자가 와서 무언가 색다르고 맛있는 요리 이야기를 해 달라고 하길래, 요시노(吉野)의 산간벽지에 사는 사람들이나 먹는 감잎 초밥의 제조법을 언급했다. 이야기하는 김에 여기에서도 밝혀 두겠는데, 쌀 한 되에 술 한 홉의 비율로 밥을 짓는다. 솥이 연기를 뿜기 시작할 때쯤 술을 넣는다. 그리고 밥에 뜸을 들이고 나서 완전히 식을 때까지 놓아둔 후에 손에 소금을 묻혀 단단하게 뭉친다. 이때 손에 조금이라도 물기가 있어서는 안 된다. 소금만으로 뭉치는 것이 비결이다. 그리고 따로 살짝 절인 연어를 얇게 썰어서 밥 위에 얹고, 거기에다 감잎 겉면이 안쪽으로 가도록 싼다. 감잎도 연어도 미리 마른행주로 충분히 물기를 닦아 둔다. 이 과정이 끝나면, 초밥 그릇이든 밥통이든 다 좋은데, 안쪽을 바싹

말려 놓은 곳에 조금씩 빈틈이 없도록 초밥을 채워 넣고, 뚜껑을 눌러 덮은 위에다 김칫돌 정도의 무거운 돌을 얹어 둔다. 오늘 밤에 절여 두었다면 다음 날 아침 무렵부터 먹을 수 있는데, 그날 하루가 가장 맛있고 이틀 사흘은 먹을 수 있다. 먹을 때는 여뀌 잎에 식초를 묻혀서 살짝 뿌려야 한다. 요시노에 놀러 갔던 친구가 너무 맛있게 먹어서 급기야 만드는 법을 배워 와 전수해 주었는데, 감나무와 절인 연어만 있으면 어디에서나 만들 수 있다. 물기를 확실하게 없애야 한다는 점과 밥을 완전히 식혀야 한다는 점만 잊지 않으면 되기에, 시험 삼아 집에서 만들어 보아도 역시나 맛있다. 연어의 기름과 소금 간이 딱 알맞게 밥에 스며들어서, 연어가 도리어 날것처럼 부드러워진 그 상태를 무어라 형언할 수가 없다. 도쿄의 생선 초밥과는 격이 다른 맛으로, 나 같은 사람에게는 이쪽이 더 입에 맞기 때문에 올여름은 이것 하나만 먹으면서 지냈다. 이 요리를 접하고, 절인 연어를 먹는 데에 이런 방법도 있었던가 하면서 물자가 빈약한 산촌 사람들의 지혜에 감탄했다. 여러 가지 향토 요리에 대해 듣다 보면, 현대에는 도시 사람보다 시골 사람의 미각이 훨씬 더 정확하고 어떤 의미에서 우리로서는 상상도 할 수 없는 호사를 누리고 있음을 알 수 있다. 그래서 노인들은 차츰 도시를 단념하고 시골에서 은둔하게 되는데, 시골 마을조차 은방울꽃 모양을 한 가로등 따위를 설치해서 해마다 교토처럼 되어 가기에 그다지 안심할 수도 없는 노릇이다. 머지않아 문명이 한층 더 진보하면, 교통 수단은 하늘 위나 지하로 옮겨 가고 거리 노면(路面)은 한 시대 전의 고요함으로 돌아

가리라는 설도 있지만, 어차피 그때는 또 새로이 노인을 괴롭힐 만한 설비가 틀림없이 생겨나리라. 결국 노인은 집에나 틀어박혀 있으라는 이야기가 되기 때문에, 자기 방에 웅크리고 앉아서 손수 만든 요리에 이따금 반주를 기울이면서 라디오를 듣는 것 외에는 소일거리가 없어지는 셈이다. 노인만이 이런 불평을 늘어놓을까 했는데, 꼭 그렇지만도 않은 모양이다. 최근《오사카 아사히 신문》의「덴세진고(天声人語)」[247] 필자가, 시 공무원이 미노(箕面) 공원에 드라이브 도로를 만들겠답시고 삼림을 함부로 벌채하고 산을 벌거숭이로 만들어 버린 일을 조소하였는데, 그 글을 읽으면서 나도 적잖이 동감하였다. 깊은 산중의 나무 그늘까지 빼앗아 버리다니 정말 해도 너무한 분별없는 행동이다. 이 같은 기세라면 나라, 교토, 오사카의 교외도 명소라는 명소가 모조리 대중화하며 점차 미노 공원처럼 빡빡 깎인 민둥산이 될 터다. 그러나 이 또한 넋두리의 일종으로, 요컨대 나도 지금 시대의 새로운 흐름에 감사해야 한다는 사실을 충분히 알고 있다. 이제 와서 뭐라고 한들 이미 일본이 서양 문화의 노선을 따라가기 시작한 이상, 노인 따위는 내버려 두고 용왕매진(勇往邁進)하는 수밖에 다른 도리가 없다. 그래도 우리 피부색이 변하지 않는 한 우리에게 주어진 손해만큼은 영구히 짊어지고 가야 한다는 사실 또한 각오해야만 한다. 무엇

247 《아사히 조간 신문》에 장기 연재되고 있는 1면 칼럼이다. 최신 뉴스나 화젯거리를 소재로 아사히 신문사의 논설위원이 집필하는데, 일반적인 신문 사설과는 조금 다른 각도에서 분석을 더하는 것이 특징이다. 특정 논설위원이 일정 기간 동안 '덴세진고시(天声人語子)'라는 익명으로 집필한다.

보다도 내가 이러한 글을 쓴 취지는 몇 가지 방면, 가령 문학, 예술 분야에서는 그나마 손해를 보완할 길이 남아 있지 않을까 하는 생각이 들었기 때문이다. 나는 우리가 이미 상실해 가고 있는 음예의 세계를, 적어도 문학의 영역에서만이라도 상기시켜 보고 싶었다. 문학이라는 전당의 처마를 깊게 내고 벽을 어둡게 하여, 지나치게 잘 보이는 것을 어둠 속에 밀어 넣고, 쓸데없는 실내 장식을 벗겨 내고 싶었다. 물론 집집마다 그리하겠다는 말은 아니고, 한 채 정도는 그런 집이 있어도 좋지 않을까. 자, 그럼 어떻게 될지 시험 삼아 전등을 꺼 보면 어떻겠는가.

반소매 이야기[248]

일 년 내내 계절을 통틀어 봄과 가을은 간사이 쪽이 더 낫다, 라고 딱히 생각해 본 적은 없다. 겨울에도 롯코산 기슭의 온기를 생각하면 지치부(秩父) 산바람의 쌀쌀함에는 몸서리가 나지만 여름만큼은 그렇지 않다는 사람이 있다. 나 또한 오래도록 그 의견에 동의해 온 한 사람으로서 기후, 풍토, 인정, 먹거리, 무엇 하나 간사이 쪽이 떨어진다고 여겨지지 않지만, 단지 도쿄의 청량함만큼은 매년 여름 무렵이면 쉬이 잊지 못하고 있다. 정말이지 온도계 눈금으로 이야기하자면 간사이가 간토보다 덥다는 점은 다툴 여지가 없다. 교토 여름이 견디기 힘들다는 사실은 누구나 알기에 시조가와라[249]의 시원한 저녁 바람이라고들 떠들어 대도 일단

248 원제는 「半袖ものがたり」로, 1935년 5월 중앙공론사(中央公論社)가 출판한
    『세쓰요 수필(攝陽隨筆)』에 수록되었다. 번역 저본으로 『谷崎潤一郎全集 第
    二十一巻』(中央公論社, 1983)에 수록된 「半袖ものがたり」를 참조하였다.
249 四條河原. 교토의 가와라마치역을 중심으로 동서로 길게 난 길을 '시조도리'

해가 떨어지면 강가의 바람조차 전혀 불지 않아서 산세가 높고 험한 아라시야마(嵐山)로 도망가 본들, 그 울창한 산 그림자나 물의 빛깔조차 묘하게 축축하고 후끈한 것만 같아서 척 보기에도 영 시원하지가 않다. 이는 한신 지방도 마찬가지로 아시야에서 슈쿠가와 주변의, 멀리서 보기에도 반짝반짝 쏘는 듯한 민둥산 표면을 보면 입속까지 마르는 느낌이다. 게다가 서쪽 지방은 간토에 비하여 흙의 빛깔이 하얗기 때문에 낮 동안의 복사가 특히 심해서, 발걸음을 옮길 때마다 미세한 재 같은 지질이 뜨거운 모래 먼지를 일으킨다. 이 흙의 빛깔은 오사카에서 고베, 스마로, 서쪽으로 갈수록 점점 더 하얗게 되기에 빛의 반사 또한 강해지는 데다 유나기[250] 현상이 한층 더 규칙적으로 일어나서 매일 황혼 무렵의 긴 시간을 지배한다.

하물며 도시 안쪽은 한층 더하기 때문에, 예의 "시내는 온갖 냄새와 여름밤의 달(町中は物の臭ひや夏の月)"이라는 시구는 정녕 선착장이나 섬 안쪽 길의 더위를 읊조린 것이 아닐까 하고 항상 제멋대로 생각하곤 한다.

내가 간사이의 여름을 견디기 힘들다고 생각하는 이유는 이 밖에도 하나 더 있다. 이쪽 여름에는 주로 바람이 서쪽에서 불어오기 때문에 서편이 막힌 집이라면 반드시 무덥기

라고 하는데, 여기서 가장 번화한 곳을 '시조가와라마치'라고 한다. 이 길 동쪽으로 가모가와강이 흐른다.

250 夕なぎ. 저녁 무렵 바닷바람과 육지 바람이 교차하면서 일시적으로 바람이 잔잔해지며 무풍 상태가 되는 현상.

마련이다. 따라서 셋집에서도 대개 세 들어 사는 이가 없는 곳부터 서쪽으로 출구나 창문을 내는데, 역시 그렇게 하면 바람이 자유롭게 들어오는 대신 걸핏하면 석양의 위협을 받게 된다. 하지만 공교롭게도 나는 평소에 직사광선을 싫어하여 겨울에도 북향인 창 밑에서 일을 하지 않으면 머리가 온통 흐려진다. 그뿐만 아니라 나 같은 직업을 가진 이에게 지나치게 통풍이 좋은 방은 도코노마의 족자를 날려 벽의 모래흙을 떨어뜨리거나 원고용지를 펄럭펄럭 젖히거나 해서 감흥을 흐트리기 십상이다. 따라서 내 욕심을 말하자면 한적한 승당(僧堂) 안쪽의 서원처럼, 햇빛에서 동떨어진 공기가 차갑고 썰렁한 큰 방이 딱 바람직하지만, 그러한 사치가 허락되지 않는다면 무덥더라도 통풍이 좋지 않은 방 하나에 틀어박혀 꼼짝 않고 비지땀을 흘리면서 참고 견디는 편이 창작하기에는 알맞다. 그러므로 이사를 좋아하는 나는 거처를 바꿀 때마다 서재로 쓸 방의 방향이나 채광 상태에 예민하기 때문에, 어느 해인가 오카모토의 바이린(梅林) 근처에 토지를 사서 꿈꾸던 그대로 방을 배치한 집 한 채를 건축했다. 이번에야말로 정말 안착할 수 있다, 이것으로 오랜 방랑 생활에 작별을 고할 수 있겠다고 생각한 것도 잠시, 분수에 맞지 않는 비용을 쏟아부은 응보로 나의 빈약한 수입으로는 집을 유지하기가 곤란해졌다. 그리하여 햇수로 사 년 뒤 그 토지와 가옥을 남김없이 깨끗하게 다른 이에게 넘기고 한신 노선의 우오자키(魚崎)에 임시 거처를 구하여 다시 한 번 예전의 쓸쓸한 생활로 돌아오게 되었다. 실은 그해, 쇼와 7년의 여름 한 철만큼 덥다고 느꼈던 적은 지금까지 거의 없었다.

우오자키의 임시 거처는 집세가 50원도 안 되는 데다 많지도 않은 방 가운데 대부분이 서쪽을 향해 창문이나 툇마루가 나 있고, 그 가장자리 바깥으로는 앞뜰이라고 하기에도 민망한 열 평 정도의 공터가 있었다. 키 작은 삼나무, 전나무, 홍가시나무, 산다화, 목서, 양옥란 등이 이 구석 저 구석에 비실거리며 서 있을 뿐, 나머지 공간은 허옇게 마른 땅바닥 빛깔만을 드러내고 있었다. 무엇보다 주변은 한신 지역 내에서도 일찍 개발된 동네라서 앞뒤로 집이 빽빽하게 들어서 있었기 때문에 집세를 생각하면 이 정도 뜰을 내준 것만으로도 상당히 친절하다 하겠지만, 그 뜰에서 방 전면으로 오후 내내 햇빛이 쏟아져 들어왔다. 당시 2층을 작업실로 쓰던 나는 낮에도 서쪽 창이라는 창은 모조리 닫은 채 유일하게 남쪽으로 열린 창문 아래에다 책상을 차려 놓고 2월에 옮겨 와서 산 뒤로 3월, 4월, 5월, 6월 그리고 장마철이 끝날 무렵까지는 어떻게든 지내 왔지만, 7월도 무려 중반에 이르자 지붕 기와의 빛 반사로 더위가 너무나도 심한 탓에 아무래도 견딜 수 없는 상태였다. 결국 옆에 붙어 있는 다다미 네 장 반짜리 작은 방 쪽의 덧문을 열었다. 처음에는 조금만 바람을 들일 작정으로 책상 쪽에 볕이 오지 않도록 빼꼼히 열고, 햇빛 기울기에 따라 열린 틈의 위치를 바꿔 가는 등 여러 시도를 해 보았다. 하지만 점점 염서(炎暑)가 깊어 감에 따라 한 치 열었던 것이 두 치가 되고 세 치가 되어, 세 개 덧문 중 하나만 열다가 두 곳을 활짝 열어 두는 지경에까지 이르고 말았다. 이렇게 해서라도 2층은 얼마간 지낼 만하였으나 아래층 다실과 다다미 여덟 장짜리 툇마루로 비스듬히

쏟아져 들어오는 햇빛만은 도무지 막을 도리가 없었다. 특히 오후 4시부터 6시를 지나서까지는 활동사진 영사기에서나 나올 법한 강렬한 빛이 다다미에서 벽으로 기어올라 발을 들일 곳조차 없었다. 나는 오카모토의 집을 지었을 때 따로 맞추었던 발을 거의 몽땅 거기에 붙여 둔 채로 팔아 버리고는 그나마 남은 것을 오사카 지인의 창고에 맡겨 두었던 일을 떠올리고, 그것들을 모조리 가져왔다. 그리고 툇마루 바깥에다 하나를 두르고 방과 툇마루의 경계 부분에 하나를 더 매달아서 양쪽 발을 한껏 드리운 채 간신히 견뎌 냈는데, 그 한여름의 더위만은 아직도 잊지 못하였다.

하지만 그 이후 작년 여름에는 오카모토의 예전 저택으로부터 일고여덟 정(町) 거리의 동쪽 산기슭에 집을 빌렸고, 올해 여름은 한신 노선의 우치데(打手)역과 아시야역 사이의 옛 국도 근처로 옮겼다. 그 뒤로 이렇게 세월을 보내면서 그 우오자키의 여름만큼 더위를 타지 않게 된 까닭을 생각하니, 어느 틈엔가 몸이 이쪽 기후에 익숙해져 버린 탓은 아닐까. 어쨌든 이제 나는 간사이의 여름을 오히려 음미해야 할 정취라고 여기며, 그 더위에 한층 더 애착을 느끼고 있다. 그러고 보니 교토의 기온마쓰리[251]는 매년 7월 중순에, 그야말로 찌는 듯한 불볕더위일 때 행해지는 것이 관

---

251 祇園祭. 교토시 히가시야마구 기온초(祇園町) 소재의 야사카 신사(八坂神社)의 제례로, 매년 7월 17일부터 24일까지 행해진다. 예전에는 기온에(祇園会), 기온고료에(祇園御霊会)라고도 불렸으며, 도쿄의 간다마쓰리(神田祭), 오사카의 덴진마쓰리(天神祭)와 함께 일본 3대 축제로 여겨진다.

례다. 어느 해였던가? 축제를 가을로 연기해 보았더니 조금
도 제례 분위기가 끓어오르지 않았을 뿐 아니라, 그해 겨울
시중(市中)에 악성 유행병이 창궐하여, 이듬해부터 다시 여
름으로 옮겼다는 이야기를 들은 적이 있다. 이러니저러니
해도 역시 여름은 가능한 한 여름다운 편이 좋다. 만약 삼복
폭염에 허덕이는 괴로움이 없다면 교토의 가을이 지닌 매력
은 얼마나 감퇴하겠는가. 그러므로 요즘 보리차와 시부우치
와,[252] 모기향이 있는 생활 자체에서 오는 즐거움을 발견하
였고, 머지않아 산들바람이 찾아올 날을 은근히 기대하는
것이다. 오사카 사람은 여름에 '반소매(半袖)'라는 일종의
간이복을 입는다. 일견 주반[253]에 통소매를 붙인 듯한 만듦
새로, 소매는 팔꿈치를 겨우 덮을 정도의 짧은 길이에, 옷단
도 무릎 아래 한두 치(寸) 정도에 그치고, 겉섶과 안자락을
붙여서 끈으로 묶도록 되어 있으므로 허리띠를 졸라맬 필요
가 없다. 마땅히 정해진 옷감은 없고 무엇이든 아끼느라 자
투리까지 활용하는 지역의 습성 탓에 고급 삼베, 생모시, 히
라로,[254] 지지미,[255] 사쓰마가스리,[256] 구루메가스리[257] 등

---

252 渋団扇. 표면에 감물을 바른 부채.

253 襦袢. 일본 속옷의 일종.

254 平絽. 비교적 부드러운 촉감과 우아한 광택을 지닌 천으로, 통풍이 잘되는 특
　　징을 지녔다.

255 縮. 바탕에 잔주름이 생기도록 짠 옷감의 일종.

256 薩摩絣. 예전에 사쓰마라고 불리던 지역(지금의 가고시마현 서부)에서 생산
　　하는 면직물.

257 久留米絣. 규슈 지역에서 생산하는 무명으로, 감색 바탕에 흰 점무늬가 있고
　　튼튼한 것이 특징이다.

비단이든 무명이든 달리 쓸 수 없는 의복의 낡은 천 조각을 사용해서 만든다. 이 옷을 입으려면 안에다가 반소매 여름 셔츠와 한모모히키258를 입고 보통 털실 하라마키259를 두르는데, 맨몸과 다름없이 볼품없는 모습까지 들여다보이기 때문에 외관이 그다지 좋을 리 없음에도, 앗팟파260 같은 하녀의 여름옷이랑 난형난제이기는 한데, 수습생이나 지배인은 말할 것도 없고 상점 주인조차 이 옷을 입고서 손님 응대는 물론, 때로는 주문을 받는 등 바깥에서 볼일을 보기도 한다. 처음 간사이에 왔을 무렵, 나는 이 정체불명의 복장에 눈살을 찌푸렸고, 예의에서 어긋난 작업복을 입은 채 외양 따위는 개의치 않고 집 밖을 돌아다니는 마을 사람들을 기이한 듯 바라보면서, 오사카인은 어딘지 중국인과 닮았다는 도쿄 쪽의 험담을 뼈에 사무치도록 떠올렸다. 사실 도쿄에는 반소매라는 말도 없을뿐더러, 그런 복장 따위는 알려져 있지도 않다. 아마도 도쿄의 여름이 그런 무례함을 너그러이 봐줄 만큼 무덥지 않기 때문이기도 하겠지만, 그러한 사정이 없더라도 본디 세련됨과 겉치레를 중시하는 도쿄인들, 특히나 요즘에는 인텔리 취향이 유행하면서 무슨 일에든 지식 계급인 척하기를 좋아하는 도회지 시민들에게 그런 저급한 서민 풍속이 마음에 들 리 없다.

258 半股引. 통이 좁은 바지 모양의 남자 옷인 모모히키(股引)의 일종.
259 腹巻. 배가 차가워지는 것을 막기 위해 두르며 천이나 털실로 만든다.
260 あっぱっぱ. 간편한 여성용 여름 원피스를 칭하는 속어.

도쿄라 해도 토왕[261]에 들어서면 상당히 더운 날이 이어지므로 나의 어린 시절에는 스무 살 전후의 여자들이 딱 꽃다운 나이의 여성을 그린 그림에나 있을 법하게 유카타 소매를 걷어 올렸다. 그러나 그들은 결례인 와중에도 무뢰한이라든가 과격하다는 평을 염두에 두어, 겉보기에 지나치지 않을 만큼의 시원함, 상쾌함을 항상 고려했기에 반소매 같은 추레한 의복을 걸쳐야 하는 지경이라면 윗옷을 벗거나 아예 알몸이 되었을 터다. 그러니까 도쿄 여성이 소매를 걷어 올린 까닭은 살결의 아름다움을 뽐내려는 의도가 한몫 거들었으리라. 이는 근대의 모던 걸이 민소매 원피스를 입는 심리와 큰 차이가 없다. 그런데 나는 도쿄인을 한쪽에 두고서 막상 오사카인의 반소매를 보면, 이처럼 이쪽 사람들의 특질을 노골적으로 드러내는 예도 없다는 생각이 든다. 왜냐하면 도쿄의 유카타는, 설령 수건 천으로 된 것이라 해도 해마다 새로운 물건을 사야만 해서 그때그때 한 필에 1엔이나 2엔은 꼭 들어가는데, 반소매는 쓸모없는 낡은 천 조각으로 만들기 때문에 필요한 것이라고는 바느질하는 수고로움뿐이고, 그마저도 유카타를 제작하는 정도의 시간이나 노력조차 들지 않는다. 게다가 허리띠를 매지 않아도 되는 간편함이 가장 큰 장점이어서, 반소매를 입은 당사자가 느끼는 시원한 감촉은 유카타에 비할 바가 아니다. 가장 시원한 상태로 치자면 알몸을 넘어설 수 없을 테지만 설마 발가벗고 볼일을 보러 나올 수는 없는 법이니, 이미 말했듯

261 土旺. 흔히 여름 삼복 무렵을 가리킨다.

이 단정하지 못하여 사무에는 적합하지 않은 유카타보다 반소매 쪽이 꽤나 쓸모 있는 편이다. 지금 오사카 상인들이 반소매를 걸치고 돌아다니는 모습을 보면 지갑, 수첩, 만년필 등 필요한 물품은 대개 하라마키 안에 넣고, 또 그 밖의 자잘한 물건은 옷 안자락 가슴 속 주머니에 넣어서 한쪽 손에 부채를 든다. 어떤 이는 현대풍 보터[262]를 쓰고, 어떤 이는 견주(絹紬)로 만든 양산을 쓰고 간다. 그 모습이 어딘지 우스꽝스럽고 볼품없어서 세련되지 못하지만, 실리를 추구하는 오사카인은 타인의 눈길을 신경 쓰기보다는 그저 간이복의 편리함과 쾌적한 착용감을 사랑할 따름이다. 그래서 일반인들도 노포 점주가 반소매 차림으로 가업에 부지런히 힘쓰는 모습을 보면 왠지 모르게 상업 수완이 견실하다고 여기게 되고, 결국 저도 모르게 주인과 가게를 신용하게 된다.

내가 반소매를 스스로 걸치고, 또 그 혜택에 절실히 감사하게 된 까닭은, 잊을 수 없는 우오자키에서의 여름 때문이었다. 당시 나는 무슨 생각에서 그것을 입었을까. 첫 아내와 헤어진 이후, 2~3년 동안 유카타를 산 적이 없어서 있는 대로 입고 지내던 중에, 그해 여름이 되자 도무지 착용할 만한 유카타가 한 장도 남아 있지 않았다. 여름 더위를 각오하고 사러 나가기가 귀찮아서 무엇이든 있는 옷으로 때울 궁

---

262 boater. 일본어로는 캉캉 모자(かんかん帽)라고 하며, 꼭대기가 납작하고 차양이 있는 밀짚모자의 일종.

리를 짜냈기 때문이었을까. 그것도 아니면, 특히 그해에는 빚의 이자나 세금 징수에 시달렸기 때문에, 유카타 값에도 궁할 만큼 쪼들려서 오사카인의 알뜰한 방법을 보고 흉내 내어 배우고자 했기 때문이었을까. 혹은 정말 별난 호기심에서 그랬을까. 아마도 이 중 하나이겠지만, 나는 평소 입지 않는 의류를 넣어 둔 양철제의 보관함을 열어서 이것저것 헌 옷을 끄집어낸 끝에, 뜻밖에도 작년 도사[263]에서 두세 필 주문하여 들여온 지질이 억센 생모시가 아직 한 단 정도 옷감 그대로 남아 있음을 발견하고 시험 삼아 반소매 두 개를 만들도록 하였다. 마침내 그것을 처음 입어 본 순간부터 나는 갑작스레 반소매 예찬론자가 되어 버렸다.

보기에는 꼴사나울지라도 입으면 필시 시원하리라고는 익히 상상해 왔지만, 이 간이복의 여덕(餘德)은 단지 그것에 그치지 않았다. 왜냐하면 나는 이 옷을 입은 날부터 육체뿐만 아니라 마음에서 겉치레와 허영, 얄팍한 잘난 체가 사라지고, 갑자기 정신이 자유의 천지(天地)를 활보하기 시작했음을 느꼈기 때문이다. 나는 스스로가 일개 서민임을 알고 그 분수에 만족하면서 겸양의 길을 지켜야만 한다는 사실을 깨달았다. 그렇게 깨달음을 얻고 나니 가난도 폭염도 두려워할 상대가 못 된다는 마음이 생겨서 하루아침에 몸도 정신도 가뿐해졌다. 나는 친구 S의 부인에게 부탁해서 어린이가 입는 감색 배두렁이 같은 의복을 하얀 후지

263 土佐. 지금의 고치현(高知県) 중부에 위치한 지역.

기누[264]로 만들어 달라고 했다. 셔츠나 모모히키를 껴입는 대신에 그 옷을 입고 위에다 반소매를 걸쳤는데, 점차 더위가 심해지자 그 배두렁이조차 번거로워져서 급기야 시타오비[265] 한 장만 입은 알몸 위에 바로 반소매를 걸쳤다. 진정으로 한 점의 거추장스러움도 없는 산뜻한 마음과 상쾌함을 얻은 덕분에, 석양이 쏟아져 들어오는 셋집살이의 숨 막힐 듯한 더위마저 그저 즐길 수 있었다.

그때부터 매년 여름이면 나는 그 두 장의 반소매를 꺼내어 번갈아 가며 빨아 입는다. 그랬더니 그 거친 질감의 딱딱한 생베가 지금은 얇고 보들보들해져서 그만큼 감촉도 좋고, 고급 에치고치지미[266]와도 감히 바꿀 수 없는 귀중한 물건이 되었다. 아침저녁으로 오로지 그 옷만 입었더니 ── 여태까지 한 번도 유카타로 사치를 부릴 마음은 없었지만 ── 좀처럼 새 옷을 입을 기회가 없다. 생각하면 내가 간사이 지방의 여름에 익숙해진 계기는 전적으로 반소매를 입는 일에 익숙해진 결과일지도 모르며, 또는 오사카와 이곳 사람들에게 깊은 애착을 느끼는 까닭인즉 반소매를 사랑하기 때문인지도 모르겠다.

---

264 富士絹. 고치실 지스러기로 짠 평직.

265 下帶. 음부를 가리기 위해 허리에 두르는 천으로, 남자의 경우 훈도시를 가리킨다.

266 越後縮. 에치고 지방에서 짠 잔주름이 있는 모시.

어린 시절 먹거리의 추억[267]

먹거리에 관한 한 간토는 간사이에 완전히 정복당해 버렸다. 사실 맛있는 먹거리라 하면 교토와 오사카, 그중 교토에 비길 곳은 없다. 도쿄에서도 맛있는 음식점이라고 하면 이제는 거의 교토, 오사카풍의 가게뿐이다. 나 같은 이도 순수한 도쿄 출생이면서 먹거리만은 교토 스타일이 아니면 마음에 들지 않는다. 그러나 맛이 있고 없고랑은 상관없이 어린 시절에 자주 먹어서 익숙해진 음식은 옛날 추억이 떠올라 그립기 때문에 이따금 먹고 싶다는 생각이 들곤 한다. 하지만 메이지 시대 도쿄의 먹거리는 이제 도쿄의 어디에서든 좀처럼 맛볼 수가 없다. 요컨대 '간토다키(関東だき)'라는 말은 도쿄의 '오뎅(おでん)'이 전해져 '간토다키'가 되었

267 원제는 「幼少時代の食べ物の思い出」이며 《아마카라(あまカラ)》 1959년 12월 호에 실렸고, 원문에는 쇼와 34년(1959) 10월에 집필한 원고라 적혀 있다. 번역은 篠田一士 編, 『谷崎潤一郎随筆集(岩波文庫)』(岩波書店, 1985)에 수록된 「幼少時代の食べ物の思い出」를 참고하였다.

다고 하는데, 요즘엔 도쿄에서도 '오뎅'이라 하지 않고 '간토다키'라고 부르곤 한다. 도쿄의 '오뎅'은 본래 둥근 형태의 구리 동호[268]를 쓰고 국물은 검고 탁했는데, 오늘날에는 '간토다키'를 흉내 내어서 사각의 동호를 쓰고 국물도 완전히 말갛다. 그래서는 '오뎅'의 느낌이 나지 않는다. 이렇듯 어린 시절 내내 먹어야만 했던 것 중에 가끔 그리운 것을 골라서 조금만 늘어놓아 보겠다.

하리하리(はりはり)

나의 가장 오래된 기억 속의 먹거리는 하리하리다. 잘라서 말린 무를 잘게 썰어서 미림[269]과 설탕, 간장, 식초를 섞은 데에 절인 음식이다. 간사이에서도 '하리하리'라 부른다는데, 오사카 출신 아내의 이야기로는 도쿄처럼 달게 만들지 않고 날간장(生醬油)에 절인다고 한다. 네다섯 살 무렵 할멈[270]과 둘이서 잔칫상처럼 귀엽고 작은 밥상을 받아서 언제나 '하리하리'를 먹었던 일이 지금도 또렷하게 떠오른다.

호라이야(宝来屋)의 콩자반

우리 집은 니혼바시 가키가라초(蠣殻町)에 있었는데, 그다지 멀지 않은 신요시초(新葭町)에 호라이야라는 유명한

---

268 銅の銅壺. 물 끓일 때 쓰는 구리나 쇠로 만든 단지를 가리킨다.
269 味醂. 음식의 조미료로 사용하는 달짝지근한 술의 일종.
270 여기서 언급한 '바야(ばあや)'라는 단어는 주로 나이 많은 가정부나 유모를 친근하게 일컫는 말이다.

콩자반 가게가 있었다. 이곳은 지금도 번창하고 있을 터인데, 그곳의 우스라마메[271]와 강낭콩, 후키마메,[272] 검은콩이 하리하리 다음으로 생각난다. '후키마메'라는 명칭이 간사이에는 없으리라 여겨지는데 어쩌면 '富貴(ふき, 후키)', '豆(まめ, 마메)'라고 쓰지 않을까. 재료는 누에콩으로, 이 콩을 일단 말리고 굳힌 다음 조려서 말랑하게 되돌린 음식이다. 색깔은 산뜻한 노란색을 띤다. 검은콩은 간사이처럼 둥글고 볼록하게 익히지 않고, 딱딱하게 주름이 지도록 삶는다. 나는 간사이 쪽의 삶는 방법이 좋기는 한데, 호라이야의 검은콩은 도쿄의 검은콩 중에서도 유독 맛있었다. 지금도 거기서 틀림없이 팔고 있으리라.

고시키아게(五色揚げ)

고시키아게는 채소 튀김, 즉 쇼진아게(精進揚げ)를 말한다. 재료는 당근, 우엉, 고구마, 연근, 파드득나물 등을 쓴다. 옛날 가키가라초 부근, 아마도 요시초(芳町)나 모토오사카초(元大坂町) 언저리에 고시키아게를 파는 유명한 가게가 있었다. 거기서는 고시키아게라 하지 않고 '고조로아게(小女郎揚げ)'라 부르며 팔았다. 이 고조로아게도 항상 먹었는데 이 가게는 지진이 났을 무렵에 없어져 버려서 이제는 어느 부근에 있었는지조차 짐작할 수가 없다.

---

271 鶉豆. 강낭콩의 일종으로 옅은 갈색에 하얀 반점이 있는 것이 특징이다.
272 ふき豆. 설탕을 넣어서 조려 낸 누에콩 요리.

멸치 초절임(鯷の酢入れ)

멸치를 그 모습 그대로, 긴 직사각형으로 자른 무와 함께 삶아서 식초를 약간 더한 국물 요리다. 이 국물 요리는 순수한 간토 먹거리로 간사이에서는 전혀 찾아볼 수 없는데, 이미 도쿄에서도 대부분의 사람들이 모르지 않을까. 세련되고 맛있는 국물 요리라서 나는 지금도 매우 좋아한다.

다라코부(鱈昆布)

옅은 소금 간이 된 대구(鱈)를 딱 알맞은 크기로 썰고 여기에 알맞게 자른 푸른 다시마를 더한 국물 요리다. 간사이에서는 다라코부 용도로 자른 다시마조차 팔지 않는데, 최근에는 도쿄에서도 이 푸른 다시마를 좀처럼 구할 수가 없다. 죄다 착색을 한 것들만 팔아서 삶으면 파란 물이 나오기에 두 손 다 들었다.

네기마(葱鮪)

간토다키에 '네기마'라는 건더기가 들어간다. 다랑어 살과 도쿄네기[273]를 하나 건너 두 개씩 꼬치에 꽂은 것으로, 옛날 도쿄에서 네기마라고 하면 으레 국그릇에 담아냈다. 국물은 다랑어 뱃살과 파로 우려낸다. 간사이에서는 스키야키(すき焼き)용 냄비에 파와 다랑어와 두부를 넣고 보글보글 끓여서 먹는 음식을 '네기마'라 부른다고 한다. 아닌 게 아니라 오사카 사람 가정에서 그런 전골 요리를 대접받은

273　東京葱. 도쿄 지역에서 나는 대파.

기억이 있다.

쇠고기 전골(牛なべ)

과연 언제쯤 '스키야키'라는 말이 도쿄에 유입되었을까. 어쨌든 메이지 시대에는 스키야키라는 명칭이 없었다. 모두 '쇠고기 전골'이라 부르고, '스키야키를 먹는다.'라고 하지 않고 '쇠고기를 먹는다.'라고 말하였다. 스키야키 냄비는 한가운데가 둥그렇게 움푹 들어가 있지만, 쇠고기 전골 냄비는 타원형이고 한쪽으로 쏠린 부분이 우묵하게 파여 있었다. 간사이의 스키야키는 고기와 함께 여러 가지 채소를 넣지만, 쇠고기 전골은 파만 넣거나 실곤약을 넣는 정도였다.

가만 생각해 보면 여러 음식이 더 나올 듯하지만 일단 머릿속에 떠오른 먹거리만 늘어놓아 보았다.

1886년(1세) 도쿄시에서 아버지 구라고로(倉吾郎), 어머니 세키
            (関)의 차남으로 출생한다.

1892년(7세) 사카모토 소학교(阪本小學校)에 입학하지만 학교
            에 가기를 싫어해서 2학기에 변칙 입학한다.

1897년(12세) 2월 사카모토 심상 고등소학교 심상과(尋常科) 4학년
            을 졸업하고, 4월 사카모토 소학교 고등과로 진급한다.

1901년(16세) 3월 사카모토 소학교를 졸업하고, 4월 부립 제일
            중학교(府立第一中學校)에 입학(현재는 히비야 고
            등학교)한다.

1905년(20세) 3월 부립 제일 중학교를 졸업하고, 9월 제일 고등
            학교 영법과 문과(英法科文科)에 입학한다.

1908년(23세) 7월 제일 고등학교 졸업하고, 9월 도쿄 제국 대학
            국문학과에 입학한다.

1910년(25세) 4월《미타 문학(三田文学)》을 창간하고, 반자연주의
            문학의 기운이 고조되는 가운데 오사나이 가오루

(小山内薰) 등과 2차《신사조(新思潮)》를 창간한다. 대표작 「문신(刺青)」, 「기린(麒麟)」을 발표한다.

1911년(26세) 「소년(少年)」, 「호칸(幇間)」을 발표하지만《신사조》는 폐간되고 수업료 체납으로 퇴학당한다. 작품이 나가이 가후(永井荷風)에게 격찬받으며 문단에서 지위를 확립한다.

1915년(30세) 5월 이시카와 지요(石川千代)와 결혼하고, 「오쓰야 살해(お艶殺し)」, 희곡 「호조지 이야기(法成寺物語)」, 「오사이와 미노스케(お才と巳之介)」 등을 발표한다.

1916년(31세) 3월 장녀 아유코(鮎子) 출생, 「신동(神童)」을 발표한다.

1917년(32세) 5월 어머니가 병사하고, 아내와 딸을 본가에 맡긴다. 「인어의 탄식(人魚の嘆き)」, 「마술사(魔術師)」, 「기혼자와 이혼자(既婚者と離婚者)」, 「시인의 이별(詩人のわかれ)」, 「이단자의 슬픔(異端者の悲しみ)」 등을 발표한다.

1918년(33세) 조선, 만주, 중국을 여행하고 「작은 왕국(小さな王国)」을 발표한다.

1919년(34세) 2월 아버지 병사하고 오다와라(小田原)로 이사하여 「어머니를 그리는 글(母を戀ふる記)」, 「소주 기행(蘇州紀行)」, 「친화이의 밤(秦淮の夜)」을 발표한다.

1920년(35세) 다이쇼가쓰에이(大正活映) 주식회사 각본 고문부에 취임하여, 「길 위에서(途上)」를《개조(改造)》에 발표하고, 「교인(鮫人)」을《중앙공론(中央公論)》에

182

격월로 연재하기 시작했다. 대화체 소설 「검열관
(檢閱官)」을 《다이쇼 일일 신문(大正日日新聞)》에
연재하였다.

1921년(36세)   3월 오다와라 사건(아내 지요를 사토 하루오에게
양보하겠다는 말을 바꾸어 사토와 절교한 사건)을
일으킨다. 「십오야 이야기(十五夜物語)」를 제국 극
장, 유라쿠자(有楽座)에서 상연한다. 「불행한 어머
니의 이야기(不幸な母の話)」, 「나(私)」, 「A와 B의
이야기(AとBの話)」, 「노산 일기(盧山日記)」, 「태어
난 집(生れた家)」, 「어떤 조서의 일절(或る調書の一
節)」 등을 발표한다.

1922년(37세)   희곡 「오구니와 고헤이(お國と五平)」를 《신소설
(新小説)》에 발표, 다음 달 제국 극장에서 연출한다.

1923년(38세)   9월 간토 대지진(關東大震災)이 발발하여, 10월 가
족 모두 교토로 이사하고, 12월 효고 현으로 이사한
다. 희곡 「사랑 없는 사람들(愛なき人々)」를 《개조》
에 발표한다. 「아베 마리아(アヹ・マリア)」, 「고깃
덩어리(肉塊)」, 「항구의 사람들(港の人々)」을 발표
한다.

1924년(39세)   카페 종업원 나오미를 자신의 아내로 삼고자 집착
하다가 차츰 파멸해 가는 인물의 이야기를 그린 탐
미주의의 대표작 『치인의 사랑(癡人の愛)』을 《오사
카 아사히 신문(大阪朝日新聞)》, 《여성(女性)》에 발
표한다.

1926년(41세)   1~2월 상하이를 여행하고, 「상하이 견문록(上海見

聞録)」,「상하이 교유기(上海交游記)」를 발표한다.

1927년(42세) 금융 공황. 수필「요설록(饒舌錄)」을 연재하여, 아쿠타가와 류노스케(芥川龍之介)와 '소설의 줄거리 (小說の筋)' 논쟁을 일으킨 직후, 아쿠타가와 류노스케가 자살한다.「일본의 클리픈 사건(日本における クリツプン事件)」을 발표한다.

1928년(43세) 소노코에 의한 성명 미상 '선생'에 대한 고백록 형식의『만(卍)』을 발표한다.

1929년(44세) 세계 대공황. 아내 지요를 작가 와다 로쿠로에게 양보한다는 이야기가 나돌고, 그 사건을 바탕으로 애정 식은 부부의 이야기를 다룬『여뀌 먹는 벌레(蓼 食ふ蟲)』를 연재하지만, 사토 하루오의 반대로 중단된다.

1930년(45세) 지요 부인과 이혼하고,「난국 이야기(亂菊物語)」를 발표한다.

1931년(46세) 1월 요시가와 도미코(吉川丁末子)와 약혼하고, 3월 지요의 호적을 정리한다. 4월 도미코와 결혼하고 고야산에 들어가「요시노 구즈(吉野葛)」,「장님 이야기(盲目物語)」,『무주공 비화(武州公秘話)』를 발표한다.

1932년(47세) 12월 도미코 부인과 별거하며,「청춘 이야기(靑春 物語)」,「갈대 베기(蘆刈)」를 발표한다.

1933년(48세) 장님 샤미센 연주자 슌킨을 하인 사스케가 헌신적으로 섬기는 이야기 속에 마조히즘을 초월한 본질적 탐미주의를 그린『슌킨 이야기(春琴抄)』를 발표한다.

1934년(49세) 3월 네즈 마쓰코(根津松子)와 동거를 시작하고, 10월 도미코 부인과 정식으로 이혼한다. 「여름 국화(夏菊)」를 연재하지만, 모델이 된 네즈 가의 항의로 중단된다. 평론 『문장 독본(文章読本)』을 발표하여 베스트셀러가 된다.

1935년(50세) 1월 마쓰코 부인과 결혼하고, 『겐지 이야기(源氏物語)』현대어 번역 작업에 착수한다.

1938년(53세) 한신 대수해(阪神大水害)가 발생한다. 이때의 모습이 훗날 『세설(細雪)』에 반영된다. 『겐지 이야기』를 탈고한다.

1939년(54세) 『준이치로가 옮긴 겐지 이야기』가 간행되지만, 황실 관련 부분은 삭제된다.

1941년(56세) 태평양 전쟁 발발.

1943년(58세) 부인 마쓰코와 그 네 자매의 생활을 그린 대작 『세설』을 《중앙공론》에 연재하기 시작하지만, 군부에 의해 연재 중지된다. 이후 숨어서 계속 집필한다.

1944년(59세) 『세설』 상권을 사가판(私家版)으로 발행하고, 가족 모두 아타미 별장으로 피란한다.

1945년(60세) 오카야마 현으로 피란.

1947년(62세) 『세설』 상권과 중권을 발표, 마이니치 출판 문화상(毎日出版文化賞)을 수상한다.

1948년(63세) 『세설』 하권 완성.

1949년(64세) 고령의 다이나곤(大納言) 후지와라노 구니쓰네가 아름다운 아내를 젊은 사다이진(左大臣) 후지와라

노 도키히라에게 빼앗기는 역사적 사실을 제재로 한 『시게모토 소장의 어머니(少將滋幹の母)』를 발표한다.

1955년(70세) 『유년 시절(幼少時代)』을 발표한다.

1956년(71세) 초로의 부부가 자신들의 성생활을 일기에 기록하며 심리전을 펼치는 『열쇠(鍵)』를 발표한다.

1959년(74세) 주인공 다다스가 어머니에 대한 근친상간적 소망을 다룬 『꿈의 부교(夢の浮橋)』를 발표한다.

1961년(76세) 77세의 노인이 며느리를 탐닉하는 이야기를 다룬 『미친 노인의 일기(瘋癲老人日記)』를 발표한다.

1962년(77세) 『부엌 태평기(台所太平記)』 발표.

1963년(78세) 「세쓰고안 야화(雪後庵夜話)」 발표.

1964년(79세) 「속 세쓰고안 야화」 발표.

1965년(80세) 교토에서 각종 수필을 발표. 7월 30일 신부전과 심부전이 동시에 발병하여 사망한다.

옮긴이
김보경

고려대학교 일어일문학과 졸업, 같은 대학원 문학 석사. 일본 쓰쿠바 대학교 인문사회과학연구과 문학 박사. 고려대학교 글로벌일본연구원 연구 교수로 재직하였고, 전후 점령기의 일본 영화와 문학을 중점적으로 연구하면서, 최근에는 영상 미디어의 재난 표상 문제에도 관심을 두고 있다. 지은 책과 옮긴 책으로는 「戦後日本映画と女性の主体性」(『일본학보』 110집), 「When Adultery Meets Democracy: The Boom of Adultery Genres in Japan around 1950 and the Ethical Standards on the "Fujinkaiho(婦人解放)"」(Forum for World Literature Studies, Vol.9 No.2), 『일본의 재난 문학과 문화』 (2018, 공저), 『시가로 읽는 간토 대지진』(2017, 공역) 등이 있다.

음예 예찬

1판 1쇄 찍음 2020년 1월 10일
1판 1쇄 펴냄 2020년 1월 17일

지은이 다니자키 준이치로
옮긴이 김보경
발행인 박근섭, 박상준
펴낸곳 (주)민음사

출판등록 1966. 5. 19. 제16-490호
서울시 강남구 도산대로 1길 62(신사동)
강남출판문화센터 5층 06027
대표전화 02-515-2000 팩시밀리 02-515-2007
www.minumsa.com

ISBN 978 89 374 2944 6 04800
ISBN 978 89 374 2900 2 (세트)